周木 律

不死症（アンデッド）

実業之日本社

実業之日本社文庫

Contents

Introduction

二〇一二年――マイアミで、男が突然ホームレスの男性に襲い掛かり、顔の七十五%を嚙み千切るという事件が起きた。

同年、メリーランド州で、同居人のガーナ人男性を殺害した男が、その遺体を切り刻み、心臓と脳の一部を食べたことを認めた。

またこれも同年、中国雲南省で、二十人以上の人間を無差別に殺害し、その人肉を食べていた男が逮捕された。男は遺体を切断し、天井から吊るしたり、眼球を何十個も薬漬けにしたりしていたという――。

異常、かつ凶悪な事件群。

貴兄はこれらの事件に「人肉食」という共通項が見られることに、お気づきだろうか。

人肉食――人類が、その同類の肉を口にするという、およそすべての文化において禁忌(タブー)とされる現象。だが細かく調べてみると、人肉食は、どの時代、どの地域、どの文化においても、意外なほど多く発生していることがわかる。

タブーであるにもかかわらず、なぜこれほどまでに頻発するのか?

その理由として、ひとつの説が考えられる。それは、もしかすると人肉食という現象は、人間の普遍的な本能なのではないかというものだ。

つまり人肉食とは、本質的には人間の内側にプログラムされた現象なのだ。だからこそ、何かのきっかけさえ与えられれば、容易に発現してしまうのである。だとすると、人類が押しなべて人肉食を禁忌とするのも理解ができる。まさにそのような現象が発現することを、人類は自ら、文化的に抑制しているのである。

ところで、話は変わるが、貴兄はこのような現象、すなわち人肉食が、れっきとした「風土病」として認知されているいくつかのケースがあるのを、ご存じだろうか。

そのうちのひとつ、類似の症例のうちではおそらく最も有名な、あるインディアンの部族に伝わる民族病には、このような症名が付けられている。

――「ウェンディゴ症候群」

Phase I

「……う、うう」

呻きとともに、彼女は目を覚ました。

霞む視界。状況を理解するよりも先に、何かが焦げる強い臭いが鼻を突き、彼女ははっと目を見開いた。

　真っ先に飛び込んだのは、暗がりだった。次いで、光を遮っているのが充満する煙と、一面に舞う埃であるとわかり、そして最後に、周囲を取り巻くものに、気付く。

　幾つもの灰色の塊。巨大なコンクリートの破片。ざらついた表面からは、赤黒く錆びついた鉄筋が何本も鋭く飛び出ている。それらの瓦礫の只中、まったく奇跡的に現れた隙間に、彼女はうつ伏せで身体を横たえていた。

沁みる目を擦り、彼女は体を起こす。目の前にはあらゆるものが無秩序に散らばっている。びりびりに破れた紙や布、割れたガラスやプラスチックの破片。どれも、もはや意味をなくしたがらくたばかり。しかし彼女は、その中からひとつだけ、本来の形を留めているものを見つけた。

それは、ネクタイピン。

赤い宝石――たぶんルビー――が嵌め込まれ、金具はすべて金で造られている。かなり上質なもののようだ。よく見れば、文字が刻まれている。

「……『S・K』?」

イニシャルだろうか――彼女は眉根を寄せる。

そのとき、頭上のどこかでガランと不穏な音がする。

はっと顔を上げ、すぐに気付く。ここは、建物が崩落した現場であって、自分は今まさにその渦中にある。しかも瓦礫は、崩れる寸前のジェンガのような危ういバランスの上にあると。

本能的に、彼女は戦いた――危ない。退避しなければ。

急いで立ち上がると、彼女は、薄暗い瓦礫の合間にできた小さな隙間を、僅かな光と勘だけを頼りに進んでいく。

周囲には酷い臭いが充満している。ところどころ、ぶすぶすと赤い炎が燻っている。立ち上る黒い煙があちこちに滞留し、彼女は咳き込む。

それにしても——彼女は思う。

何があったのだろう。無残に飛び散る瓦礫の中には、天井ボードや壁の一部らしきものが混じっている。少なくともここは、何かの建物だった場所のようだ。そこで爆発事故か、あるいは爆撃でもあったのだろうか。

そもそも、ここは一体どこなのか。少なくとも日本だということはわかる。なぜなら、瓦礫の中に見えた赤い金属板に、「消火栓」という日本語が見えたからだ。

だが、日本のどこなのか。何の施設なのか。どうして爆発したのか。なぜ私は渦中にあるのか。今は何月何日、何時なのか——いや、それよりも。

彼女はようやく、最も重大な疑問に行き当たり、愕然とした。

「……私は、誰？」

自分に関する記憶の一切が、彼女にはなかった。

＊

ここはどこなのか？　私はなぜこんな場所にいるのか？

そして、私は誰なのか？

いくら思い出そうとしても、思い出せない。正確には、自分に関する情報のみ、すべてすっぽりと穴が開いたように欠落していると言うべきか。

語彙や知識はきちんとあった。先刻からきちんと日本語で思考しているし、加法定理だって諳んじられる。ただ、彼女自身に関する記憶のみがなかった。彼女の今、そして過去、名前も住所も家族も経験も、その一切が失われているのだ。

だから彼女は再び自問する。私は誰か。ここはどこか。どうしてこんな場所にいるのか。そもそもの疑問として、なぜ私は、何も思い出せなくなったのか。

だが、あらゆる疑問は、今は後回しだった。

とにかくまずは、この危険な場所から逃げなければならないからだ。

一旦は疑問を喉の奥に飲み込むと、生存本能のみを頼りに、彼女は狭い瓦礫の間を縫うように、がむしゃらに進んでいく。

どれくらい進んだだろうか。足の裏の感触が、不意に柔らかいものに変わる。と同時に、視界も開けた。

「わあ」

顔を上げるなり、彼女は思わず感嘆した。

山間に広がる夕暮れの景色。うねるような丘陵地。広がる芝生。白い筋雲が走る空は、茜色から紫色への美しいグラデーションを描いている。そこを、四方を取り巻く真っ黒な山の稜線が、円く切り取っている。

そんな絶景に見とれつつも、建物から十分に離れると、彼女はようやく、つい今しがたまで自分がいた場所を振り返った。

大きな建物だった。小学校の校舎のような、高くはないが横に細長い施設。それが無残に崩落し、瓦礫の山となり果てていた。

よかった、脱出できた——。

両手を芝生の上に突き、安堵する彼女は、改めて自分の格好を見やった。

今更、自分が着ているものが煤まみれの白衣であったことに気付く。袖口には焦げもある。白衣の下はシャツにジーンズ、シンプルで動きやすい格好だ。

彼女は疑問に思う。なぜ白衣を着ているのだろう。私は研究者か医師なのか。首を捻りつつも、彼女は白衣の胸ポケットに付いたプラスチックの名札を読んだ。

そこには、こう刻印されていた——「SR：Natsuki IZUMI」

「……ナツキ、イズミ」

ナツキ、イズミ？　——心の中でも、繰り返し呟く。

ナツキ——なつき——泉、夏樹。

そうだ、思い出した。

泉夏樹。それはおそらく、私の名前。

同時に、さまざまな場面が脳内をフラッシュバックする。青く抜ける空、古い町並み、泥まみれになって遊ぶ自分。どれも視点の低い、たぶん子供のころの記憶。

だが。

「……ぐっ」

顔を顰めると、彼女は——夏樹は、低い呻き声を漏らした。

それ以上は、何も思い出せなかった。

私がどんな少女時代を過ごしていたのか、どんな学生時代を送ったのか。そして、今はなぜこんなところにいるのか——それらの記憶が、まるで白い霧ですべてが覆い隠されているかのように、わからないままなのだ。

いつかは、思い出せるのだろうか？　それとも、死ぬまで思い出せないままなのか？

言い知れない不安。ごくりと唾を飲み込んだ、まさにそのとき。

いきなり、眼前の瓦礫ががらがらと音を立てて崩れ落ちた。

耳をつんざく大音量。一抱えもあるコンクリートが、どさどさと落ちていく。その衝撃で、拳大の石が周囲に飛び散る。その一部は夏樹のいるその場所まで飛んでいた。

ここもまだ危ない。夏樹は慌てて、その場所から、さらに建物から離れるように、小高い丘を登って退避した。

建物から早足で距離を置きながら、夏樹は改めて、周囲の景色に目をやりつつ、考える。

今がいつで、ここはどこなのか。

その答えは、薄々わかり始めていた。空は徐々に暗さを増している、ということは、今は夕暮れ時に違いない。その時刻にこの格好で暑くも寒くもないのだから、季節は春か、秋。芝生の青さを見れば、おそらく春。とすると今の時刻は、おおよそ午後五時といったところか。

また、周囲はすべてかなり近い位置で高い山に囲まれている。日本で該当する地域は、山梨（やまなし）か、長野（ながの）か、あるいは岐阜（ぎふ）あたりか。いずれにせよ都市部とは隔絶された場所だ。

問題は、その先だ。

そんな場所に造られた、この建物は、一体何なのか。

「うーん」

唸る夏樹。そんな彼女にいきなり、背後から誰かが呼んだ。

「……君は？」

＊

はっ、と夏樹は振り向いた。

そこには、呆然とした表情の男が立ち竦んでいた。

背が高い男。夏樹と同じように、煤だらけの白衣を纏っている。年齢は、夏樹と同い年くらいだろうか。少し長めのカールした黒髪が、彫りの深く整った顔に掛かっている。

見覚えはない。いや、知っていたのかもしれないが、思い出せないだけか。

一方の男は、ぱっと破顔すると、夏樹に駆け寄り嬉しそうに彼女の手を取った。

「よかった、君は生きていたんだな！　あの大爆発で、皆、死んでしまったのかと思ったけれど、君は助かったんだな！」

「大爆発……?」

「そうだよ。まったく驚いた、建物のロビーにいたら突然、ドカーンだからね……君もよく助かったもんだ。一体、どこにいたんだ?」

「わ、私は……」

どこにいたのだろう? いや、瓦礫の中で目を覚ましたのだから当然、私も建物の中にいたということなのだろうが。

「しかし、無事で本当によかった!」

夏樹が答えないまま、男はしかし、夏樹の手をぶんぶんと上下に振る。

「あんな状況でも、五体満足で生き残ったんだから、僕らは本当に運がよかったんだ。九死に一生を得たとはまさにこのことだよ。そう思わないか、泉博士」

「泉、博士」

男が呼ぶ名前。やはり私は「泉夏樹」なのだ。

それにしても、博士という呼称にこの白衣――私は研究職にでも就いていたのだろうか。

「どうかした? 怪我でもしてるのか」

男が、不意に俯(うつむ)いた夏樹を気遣った。

大丈夫、平気です——と夏樹が答えると、男は「そうか、それならいいのだけれど」と心配そうに言いつつ、改めて瓦礫の山に視線を向けた。

「しかし一体、『被験者棟』に何が起こったんだろう」

「被験者棟……？」

「今までも騒がしくて、何だか不穏な動きがあるなとは感じていたんだが」

「………」

ちらりと夏樹を見ると、男はひとつ咳(せき)を払った。

「それはともかく、まさかいきなり爆発して、こんなになってしまうとは。ガス漏れでも起こしたんだろうか」

「被験者……爆発……」

「……？　どうした、泉博士、さっきからなんだか様子が変だぞ？」

訝(いぶか)しげに夏樹を見る男。

そんな男に、夏樹はためらいつつ、「実は……」と告げた。

「私、記憶がないんです」

「へ？　記憶がない？　どういうことだ？」

「その……今までのことが、全然、思い出せなくて……」

「わからないな、ちょっと待って」

今度はむしろ男のほうが、うろたえたような仕草を見せる。

「全然思い出せないって、それ、記憶喪失ってこと？」

「たぶん、そうだと思います」

「とすると、まさか、自分の名前もわからない」

「それは、思い出せました。最初はそれさえ、まったくわからなかったんですけれど」

「うーむ、難儀だなあ。しかしなんでそんなことに」

「わかりません。でも、建物が……被験者棟が爆発したことと、関係があるのかも」

「ふうむ……」

しばしの間を置き、男は言った。

「あの大爆発が引き金となって、一過性の記憶喪失が起こっているのかもしれないな。脳出血があるわけでもなさそうだし、ショックが引き金になって起こった精神的な記憶障害が起きているとみるべきだろうね。であれば徐々に記憶は戻ってくるはずだ。……しかし、てことはもしかして泉博士は、僕のこともわからない？」

「はい」

夏樹は、こくりと頷く。忘れてしまった――というよりも、まったく思い出せない、最初から知らないと述べたほうが正確か。

そんな夏樹に、少し残念そうな口調で、男は言った。

「まあ、記憶がないんじゃ仕方がないか。そもそも僕のことを覚えてなかったのかもしれないしね。改めて、っていうのも変な感じだけれど、自己紹介させてもらおう」

こほん、と男はわざとらしい咳払いを挟んだ。

「苗字は黒崎、名前は信。黒崎信といいます。信は信用するの信」

「黒崎さん、ですか」

別に信でいいよ、と、男は言った。

「泉博士と同い年、二十八歳です。といっても僕はこの研究所に今年度採用されたばかりだから、まだまだ新米の研究員。泉博士は尊敬すべき先輩です」

「……研究所」

「そのことも記憶から抜けているのか……ええと、ここは平成製薬が奥神谷集落に作った研究所で、『平成製薬奥神谷研究所』というんだ。奥神谷がどこにあるかは知ってる？　全方位を山に囲まれた超絶田舎なんだけれど」

奥神谷――夏樹も、その名前は知っていた。

それは、長野と岐阜の県境にある山村だ。とはいえもはや村とさえ呼べないほど過疎化が進んでいる。そんな過疎地が一般的に知られているのは、ここが国の杜撰（ずさん）な計画の犠牲となった地域だからだ。

一方で、平成製薬という企業の名前には聞き覚えがなかった。あまり有名な会社でもないのだろうか。

「……そんな誰もいない土地に押し込まれて、僕らは毎日研究に勤（いそ）しむ毎日を送っているというわけだ」

もっとも、コレはいいのだけれどね、と親指と人差し指で円を作る信に、夏樹は問う。

「私もここの、平成製薬研究所の人間？」

「そうだよ。……それさえ思い出せないとすると、本当に深刻な記憶喪失なんだね」

妙に感心したような表情で、信は言った。

「君はここの最古参、ＳＲ班の主任研究員を務めるほどの人だ。まあ、なんていうか、僕のような下っ端とはレベルが違う。当然僕とは接点もなく、正直、きちんと話ができたのは今日が初めてのことだ」

やはり私は、研究者だったのか——納得しつつ、夏樹はさらに問う。

「その、SR班っていうのは何なんですか？」

「特別研究班。スペシャル・リサーチの略だね。僕らみたいな一般的な研究ではなくて、その名のとおり、特別な研究をする班になる」

「そこで私は、何の研究をしていたんでしょうか？」

「それは、僕にはわからない」

信は、肩を竦めた。

「何しろ、君の研究には最高の機密性を持たされていたからね。班と言ってもメンバーは君ひとりだったし、社長直属の研究班だったから、君が知らなきゃ、誰も知らないってことになると思う」

「そうなんだ……」

溜息(ためいき)を吐きつつ、夏樹は思う。特別研究班の、主任研究員だなんて——私は一体、何者だったのだろう。

「ただまあ、ここにいたっていうことは、すでに実験室じゃなくて、臨床レベルの研究をしていたことにはなるね」

「ここ……」

「被験者棟だよ。被験者の臨床データを取る場所だね。ほら、臨床試験のアルバイトってあるだろ？　高額報酬と引き換えに被験者をたくさん集めて、新薬の薬効データを取るっていうあれだ。その被験者たちが暮らしているのがここってわけだ」

なるほど、すでに夏樹の研究は、実証試験を行う段階、つまり「人体実験」をする段階まで進んでいた、だから、この場所にいたのだ。もっとも、肝心の「何の」研究なのかは、やはり一向に思い出せる気配もないのだが。

「一週間ばかりは、僕もこの被験者棟に出ずっぱりでね。ほとんどが雑用ばっかりだったけど……しかし、信じられないな」

信が、瓦礫に目を細めた。

「まさか、あの被験者棟が、一瞬でこんなになっちまうとは……」

「…………」

無言のまま、夏樹もまた瓦礫を眺める。

ぼろぼろになった建物。二階から上は無残に崩れ、いまだ煙を上げているさまは、まるで戦場の建造物のようだ。あの下には何十人もの被験者たちが、瓦礫の下敷きになって埋まっているのだろうか――。

ずきん、と夏樹の心に痛みが走る。

顔を顰めつつ、夏樹は無意識に視線を逸らせた。彼女が視線を向けた先には、夕暮れの暗い空の下、いくつか別の建物が見えた。

オフィスビルのような高層建築物。あるいは工場のような平べったい建物。それらをアスファルトの道が整然と繋いでいる。これらも平成製薬研究所の一部であるらしい。鄙びた山間に作られた研究所にしては、不釣合いなほどに立派だ。

「こんな惨状じゃ、さすがに誰も生き残っちゃいないだろうな。まさに、僕と君が今ここで生きていられるのも、奇跡ってわけだ」

「…………」

何と返したらよいかわからず、なおも無言で、夏樹は被験者棟を見つめていた。煙を吹く瓦礫の山。その瓦礫が積み重なる隙間にある、裂け目のような場所。あんな奇跡的な空間のお陰で、私も、信も生き延びられたのか――。

そんなことを思う夏樹は、ふとそこに、あるものを見つけた。

「……?」

なんだろう。目を細める。

黒い裂け目からもぞもぞと這い出てくる、団子虫のような三つのシルエット。

団子虫は、見る間に四肢を生やすと、すっくと立ち上がり、こちらに駆け出してきた。

それらは、三つの人影だった。

*

信も気付いたのか、「あっ！」と声を上げ彼らを指差した。

「こっちに来るぞ！　生存者か？」

夏樹たちのいる丘の上へ、大股で駆け上がってくる三人。

近づくにつれ、彼らの姿がはっきりと見えてくる。ひとりは眼鏡を掛けた、小柄な初老の男。ひとりは水色の病院着を着た大柄な若い男と、同じく病院着の痩せた中年の男だ。

信が、初老の男に向かって叫んだ。

「あれ、蟬塚さん？　蟬塚さんじゃないですか！」

蟬塚と呼ばれた男は、ひょいと顔を上げると、信と夏樹を交互に見て、レンズの向こうで、目を丸くした。

「あーっ！　黒崎先生に、泉先生！　お二人とも、ご無事だったんですねえ！」

白髪(しらが)も顔も、煤で真っ黒の蟬塚。大きな黒縁眼鏡のフレームが、団子鼻の上で斜めに載っている。

　蟬塚は駆け寄るなり、信の手を取った。

「わ、私、管理人室で寝入っていましたらいきなりドーンて……で、停電してガラガラガラ、それで、この有様でしょう？　何せぐっすり寝ていたものですから、一体、何がなにやら」

　混乱しているのだろう、言葉を支離滅裂に発する蟬塚。しかし、彼もまた危機一髪を乗り越え生き延びたのだということだけは、しっかりと伝わった。

「蟬塚英治(ひではる)さん。この被験者棟で、住み込みの管理人さんだよ」

　記憶がない夏樹のため、彼女の耳元で素早く囁(ささや)きつつ、信は蟬塚と会話を続ける。

「それにしても、蟬塚さんもよくご無事でした」

「ええ、ええ！　まったくですよ！　思い返してぞっとします。本当によく生きていられました。危機一髪とはこのことでしょうか」

　神様って、いるのかもしれないですねえと、蟬塚は、安堵しつつも興奮冷めやらぬ調子でまくし立てた。

そんな信と蟬塚の会話に、若い男が割り込んでくる。

「あのー、一体何があったんすかね？」

水色の病院着を着た、大柄な男だ。胸板はぶ厚いが、まだ若い。

「なんか、建物ごとめちゃくちゃになっちゃったみたいっすけど、もしかして、助かった俺、ラッキーってことなんすかね？」

「……君は誰だ？」

問う信に、男は自らを「あ、ども、羽田諒介(はたりょうすけ)、二十歳(はたち)っす」と名乗った。

「大学生？」

「そうっす。埼玉の大学生やってます。けど、勉強より部活でいっぱいいっぱいっすね。俺、ラガーマンなんっすよ」

訊(き)かれもしないことを、羽田はどこか能天気な口調で言った。

「それにしても、今日ここに来たばっかりで、着いたらいきなりどこかの部屋に閉じこめられて、何なんすかこれって思っていたらこんな事件に遭って、超びっくりで……っていうかこれ、ドッキリじゃないっすよね？　あ、俺今、もしかしてテレビに映っちゃってるとか？」

「ちょっと！　そんなの、どうでもいいことですよ！」

羽田の言葉を遮るようにして、甲高い声で、中年の男がさらに割り込む。

「それより私のバイト代、きちんと出るんでしょうね？　まさか事故があったから、給料はなしとか言いませんよね？」

「ちょ、何すかいきなり」

「私がなんのためにわざわざこんな山奥まで来たと思ってるんです？　確かに今日来て、実働ゼロ日かもしれませんが、報酬は満額出るのが当然でしょう？　違いますか？」

「まあまあ、ちょっと落ち着いて」

「はあ？　落ち着く？　こんなの、落ち着いていられるわけないでしょう？」

詰め寄るのは、中年の男。羽田と同じ水色の病院着を着ているが、サイズが合っていないのかだぶだぶで、そのせいで彼の身体がより貧相に見える。

羽田の静止を振り切ると、男は信に食って掛かった。

「あなた、この会社の人でしょう？　給料はちゃんと出るんでしょうね？　まさか、こんな事故があったからなしとは言いませんよね？　もし何も支払われなかったら、しかるべき所に訴えますけど、いいですね？」

「ちょっと待って。あんた一体誰なんですか？」

訝しげな信の言葉に、中年の男は顎を上げて言う。

「私？　私ですか？　私は小室井という者ですが」

中年の男は、自らを小室井重吾、福生市在住三十七歳と名乗った。職業については「資格試験勉強中」とだけ、視線も合わせず早口で言った。要するに無職だということか。

「とにかくですよ、これでバイト代が出ないとなると、私、生活に困るんですよ？　もしそうなったら、どうしてくれるんです？」

「ですから、小室井さんの言うことは十分わかりましたから、落ち着いて」

「本当ですか？　本当にわかってます？」

「わかってますって！　……僕もただの研究員ですから、百パーセント確約はできませんが、ちゃんと事務方に確認しますから」

「百パーセントでないと困るんですよ？　だめだったらあなたの責任ですよ？」

「…………」

信は、執拗な小室井から顔を背けると、やれやれと小さく肩を竦めて見せた。

「ときに、これは一体、どうしちゃったことなんでしょうねえ」

蟬塚が、丘の下でまたがらがらと崩れ落ちる被験者棟を見て、呆然と呟くように言った。

「爆発事故か何かでしょうかねえ？」

そうかもしれませんね、と信は頷く。

「被験者棟には可燃性ガスや酸素のボンベがたくさんあります。それらに引火したのかもしれません。いや、もしかすると……」

少し思案してから、信は神妙な表情で言った。

「テロ、かもしれませんね」

「……テロ？」

夏樹の声と、蟬塚や羽田の声が同調する。ややあって、改めて夏樹は問う。

「テロって、テロリズムのことですか？」

「ああ。心当たりがあるんだ。実はこの研究所には、前々からきな臭い話があるって」

「きな臭い……」

怪訝（けげん）そうな夏樹に、信は続けて言った。

「しばらく前から、噂（うわさ）になっていたんだ。実はここで、ちょっと公にできない研究をしているらしいと……それが原因で、テロの標的になるっていう話もあった」

「公にできない研究……っていうと、あれっすか、まさか殺人兵器とかっすか？」

羽田のおちゃらけた問いにも、信は真摯に答える。

「さすがに、それはない。……と言いたいところだが、そうとも言い切れないのも事実だ。そういえば最近は、なんだか研究所内も慌ただしかったような気がするが、あれももしかして関係があったのかな……」

「そんなのに私たちを巻き込んだんですか？　あなた、どう責任を取るんですか？」

金切り声で問う小室井に、信は「だから！　僕に訊かれてもわからないよ」とさすがに苛立ったように答えた。

ややあってから夏樹は、蝉塚に尋ねる。

「……蝉塚さんは、何かご存じじゃないのですか？」

「わ、私ですか？」

驚いたようにぴょこんと首を伸ばすと、蝉塚は答えた。

「私はただの管理人ですから、特に何も……ましてや何の研究をしてるかなんて、私にわかるはずもありません。というか、なんでそれを私に訊くんです？」

「いえ、蝉塚さんは被験者棟にずっといらしてたようですし、何か見聞きされたんじゃないかなあ、と思って」

「それを言ったら、泉先生のほうがよくご存じのはずです。被験者棟に先生もいらして、臨床実験をされていたじゃないですか」

「そうなんですか？」

「そうですよ……って泉先生、どうしちゃったんですか、いつもと様子が違いますが」

訝しげに、夏樹の顔を覗き込む蟬塚。

夏樹は口ごもる。別にここで自分は記憶喪失なのだと宣言しても構わないのだろうが、なぜかそうはっきりとは言えなかった。

誤魔化すように蟬塚から視線を逸らすと、その先に見える夕暮れの空は、すでに暗く、幾つもの星が輝き始めていた。

日没。太陽が支配する昼が終わり、夜が始まろうとしている——。

「……ああっ？」

不意に小室井が、金切り声のような不愉快な声とともに、被験者棟を指差した。

全員が一斉に、その方向を見る。先刻と変わらない瓦礫の山。そこから、いつの間に這い出たのか、新たな誰かがこちらに歩を進めていた。

煤で斑模様になった白衣、顔は伏せているが、短い髪からして、おそらくは、男。

爆発と崩落から生き延びた、六人目の生存者——。

「おうい、おうい！」

体育会系ならではの腹から響く大声で、羽田が「こっちこっち！」と手を振った。

男が、顔を上げる。

その顔を見た羽田の手が、ぴたりと止まった。

羽田だけではない。その場にいる誰もが、息を飲んだ。

男の表情が、あまりにも不気味だったからだ。

半分だけ開いた目。視点の合わないうつろな瞳。弛緩した頬の筋肉。一言で言えば、それは仏頂面。つまり、そもそも表情と呼べるものが浮かばない、まったくの無表情だった。

と、突然——夏樹の脳裏に、あるイメージが浮かび上がる。

それは、顔。棺の中で静かに横たわる「誰か」の顔。

いつも夏樹に優しかった、「誰か」。夏樹が敬愛して止まなかった、「誰か」。その「誰か」が、今や「誰か」と同じとは思えないほど不気味さとともに、そこにいた。

男の無表情は、その「誰か」の顔と、明らかに同質のものだった。

それにしても、この「誰か」とは、誰だったのだろうか？　夏樹は必死で記憶を呼び覚ます。だが、棺の中にいるその人物が誰かは、最後まで思い出せない――。

全員が息を飲む中、羽田が、心配そうに男に声を掛ける。

「……あ、あんた、なんか変じゃないっすか？　どうかしたんすか？」

だが男は答えるでもなく、しかし一直線に、羽田を目がけて歩を進めていく。

丘の上を、坂道とは感じさせない軽やかさで歩く男。やがてその歩幅は少しずつ広がり、気が付けば、歩くというよりは小走りに、そして最後には、身体全体を大きく振りながら――にもかかわらず、死人の無表情は保ったまま――羽田目がけて、全力で走っていた。

夏樹は――いや、夏樹だけではなく、誰もが思っただろう。

明らかに、この男の様子は変だと。

異常さを認識し、全員が身構えたその瞬間。

男は無言で、かつ無表情のまま、両手を前に突き出した奇妙な姿勢で羽田に飛び掛かっていった。

Phase Ⅱ

「うわッ！」

羽田が、横へと飛び退く。

○・一秒の間を置かず、男はまさにその場所に、四肢同時に着地する。

ガチンと何か固いものがぶつかり合う異様な音。なお一秒を要して、男の歯の根が衝撃で勢いよくかち合った音だとわかる。

驚きつつも、怒りの表情を向ける羽田。

「な、なんなんすかァ、いきなりッ！」

その声に、男がくるりと、まるで機械仕掛けの人形のように、首だけを羽田に向ける。

目を開いているのか閉じているかもわからない一直線の目と、表現力を失った口元。男の表情は、先刻と寸分も違わず、まるで仮面を被っているようだ。

すなわち、完全な無表情。だが顔の方向から、視線が羽田に向いていることはわかる。

まさにその方向に、男はじりじりと間合いを詰めていく。

闇はいよいよ深まり、いつしか星明りだけが頼りとなる。

戸惑いつつも、覚悟を決めたのか、羽田は前傾姿勢で大声を発した。

「俺とやろうってんすか？　……いいっすよ、やってやろうじゃねーっすか！」

目の前でぱんぱんと二度手を叩く羽田。

と同時に、男が両手を前に出したまま、羽田に飛び掛かる。

それはまるで、猛禽類が獲物目がけて襲い掛かるような、俊敏な動き。

そんな一欠片の躊躇いさえない攻撃を、しかし羽田は真っ向から受け止めた。

ガコン！　人間同士がぶつかったとは思えない、硬い音。

さすが鍛えているだけのことはある。男の突撃を羽田は真っ向からがっちり受け止めた。

動きが止まると見るや、羽田は男の脇の下から素早く両手を差し込むと——。

「うおおおおッ！」

咆哮とともに、男の身体をそのまま、斜め上に放り投げた。

男は、斜めに回転するように空中を舞い、そのまま頭から地面に落下する。

ぼこっ、ともぐちゃっ、とも形容しがたい音。

まるで硬い殻が砕け、何かが飛び散るような嫌な感じ——夏樹は思わず、顔を顰める。

「ぐ……ぐぎ……」

男は、首だけをあってはならない角度に曲げ、地面にうつ伏せで横たわっていた。ぴくぴくと体を痙攣させつつ、喉から空気が漏れるような声を発している。

だが、その半分だけ見える横顔は、なおも無表情だ。

しばらく男は、ぐっ、ぐっと呻き、それに合わせるように身体を不気味にくねらせていたが、やがて、まったく動かなくなった。

しん——と静寂が再び、夜の闇とともに辺りを包み込む。

羽田はしばし、投げ飛ばした男の身体を睨み続けたまま肩で息をしていた。首筋には生々しい傷。激しい衝突のせいか、それとも男が爪で抉り取った痕跡か。傷を手で押さえつつ、羽田は男に近付き、そっと上から覗き込む。

反応はない。羽田は爪先を男の腹の下に入れ、そのまま蹴飛ばすようにぐるりとひっくり返し、仰向けにした。

男は——無表情のまま、口の両端から泡を吹いていた。

頭部には大きな陥没があった。不幸にも、柔らかい芝生ではなく、飛び出ていた岩の先端に頭が落ちたのだ。凹(へこ)んだ頭蓋からは、赤黒い液体とともに、ピンク色の半固形物のようなものが少しばかり飛び出ていた。

「……おい、あんた」

おそるおそる、身体を爪先でつつく羽田。やがて男の呼吸がすでになくなったとわかると、羽田はようやく、張っていた肩から力を抜いた。

そして、我に返ったかのように、呟いた。

「あれ？　……し、死んじゃった……？」

羽田は、安堵と戦(おのの)きがない交ぜになった表情を見せていた。

こ、これ、もしかして、俺のせいっすか——というかすれ声の呟きには、人を殺してしまったことに困惑する羽田の内心が窺(うかが)えた。

信もまた男の死体にゆっくり近付くと、「嘘(うそ)だろ」と驚いたように言った。

「これ……鈴本(すずもと)さんだ」

「す、鈴本さん？」

蝉塚が、素っ頓狂な裏声で叫んだ。

「鈴本さんって、あの鈴本さんですか？　いつも元気で朗らかな」

「そう、その鈴本さんだ」

頷きつつ、信は悲痛な皺を眉間に寄せる。

「一瞬、誰だかわからなかった。でもこの顔は間違いない。鈴本さんだ」

「な、なんてことでしょうか……」

「もしかして、あなたがたの顔見知り？」

相変わらず甲高い声で、小室井が信を詰る。

「なんで顔見知りが、いきなり襲ってきたんです？　もしかしてあなたがた、この人に何かしたんですか？」

「別に、何もしちゃいないよ」

「じゃあなんで、この人は襲い掛かってきたんですかね？」

おかしいでしょそんなの！　と口角泡を飛ばす小室井を、信は無言で受け流す。

そんな信の横で、蟬塚が狼狽えたように言った。

「しかし、確かに変ではあります……どうして鈴本先生が、攻撃してきたのでしょう？　もしかして私たちを敵だと思ったのでしょうか？」

「……わかりません」

信は、ゆっくりと首を左右に振った。

「襲われる理由には心当たりがありません。鈴本さんとは日頃仲もよかったですし」

「じゃあ、なぜなんでしょう」

その問いに、信はしばし顎に手を当てて沈思してから答える。

「この異常事態です、鈴本さんは錯乱していたのかもしれません。あるいは、何らかのガス中毒で前後不覚に陥っていたか……いえ、もしかすると僕らを建物を爆破した犯人だと勘違いした可能性もある」

「敵だ、と勘違いされたと」

「ええ。ですが、仮にそうだとしても、ちょっと気がかりなことがあります」

「気がかり……というと？」

「あの表情です。どうして鈴本さん、あんなに無表情だったんでしょう」

訝しげな表情で、信は続ける。

「敵意があれば、多少なりとも表情に出るものです。でも鈴本さんは、ちょっとびっくりするほど無表情でしたよね。というか、まるで彼が彼でないようで、不気味でした。鈴本さん、本当にただ勘違いしていただけなんでしょうかね」

誰かに語り掛けるというよりも、自問自答するように呟く信。

信の言葉に、夏樹は首肯する。

自分には記憶がないが、この鈴本という男が私たちと顔見知りなのは間違いないらしい。そんな彼が、なぜ突然自分たちに襲い掛かってきたのか。しかも、あれほど不気味な無表情とともに。

無意識にごくりと唾を飲み込みつつ、夏樹は思う。

待てよ。なんとなくだけれど、この事実には何か、裏があるような気がしまいか。被験者棟が爆破されたこととも無関係ではない、裏が――。

「と、とにかくですよ」

裏返る声で、蟬塚が言った。

「今はこんな場所にいても、仕方がないような気がしませんか」

ほら、もう真っ暗ですし――と、星が煌めく夜空を、蟬塚は不安そうに見上げた。

気を取り直したのか、羽田も呟く。

「た、確かに、ここからは逃げた方がいいっすね」

「逃げる？　逃げるって、どこに行くんです？」

羽田の言葉に、小室井が嚙み付いた。

「こんな山奥、行く場所もないでしょ？　そもそも私には道もわかりませんよ。なにせ、私ら、バスでここまで連れてこられてますからね。それよりこんな目に遭わされるなんて、重大な契約違反ですよ？　債務不履行に基づく慰謝料が発生しますよ？　いいんですか？　このままだったら私にも考えが」

「ちょっと黙っててくれますか」

苛立ったように言うと、信はややあってから続けた。

「道なら僕が知ってます。研究所は広いですが、道は単純ですし、敷地の出入口も一か所だけです。とりあえずまず事務棟に戻りましょう。少し距離はありますが、あそこなら出入口に近いし、何より人が詰めていて、事故の詳細を把握しているはずです」

――信の言葉に、異論を挟む者はいなかった。

＊

完全に日が暮れた。

空には北斗七星が上り、その柄杓（ひしゃく）の先が示す北極星から、方角と季節が確定する。

北斗七星は春の星座。今はやはり、五月ごろだ。

そして道が一本。北極星が輝く方向に向かってどこまでも伸びていた。

夏樹たち五人は、その道を進む。

道は一直線だが、起伏があった。舗装された幅広の道を、両脇から挟むように、街灯がだいたい五十メートルおきに、祭りのぼんぼりのように並んでいる。暗さともあいまって行く手の様子はあまりわからない――。

早足に歩きつつ、夏樹は、道の向こうを観察する。

よくは見えない。だがいくつも建物があるのはわかる。

平屋もあれば、十階建てほどの中層ビルもある。細長いものもあれば、平べったいものもある。多種多様だが、窓がほとんどないせいか、活動している気配が窺えない。案内表示もないから用途もわからない。機密保持のためにそうしているのか、あるいはそれ以外の理由があるのか。

「……まだ、思い出せない？」

不意に、信が話し掛けた。無言で頷く夏樹に、彼は「そうかあ」と苦笑した。

「まったく皮肉だね、君が何もわからないっていうのは。なにしろこの研究所のことを一番よく知っているのは、ＳＲ班にいた君に違いないんだから」

そう言われてみれば確かに皮肉だ。記憶さえあればもっと建設的なことも言えるだろうに。

落胆する夏樹を、信が「ごめん、ごめん」と慌てたようにフォローする。

「別に君のことを責めているんじゃないんだ。純粋に興味深いなと思っただけで……いずれにせよデリカシーのないことを言ってすまない。大丈夫、記憶もいつか戻るよ。僕の見る限り、君の記憶喪失は爆発のショックによる一過性のものだろうし、だとすれば、何かのきっかけさえあれば徐々にでも記憶は戻ってくるはずだ」

「そう、だといいんだけれど」

曖昧に答えつつも、夏樹は不安を募らせた。

信はそう言ってはくれる。だが本当に、私の記憶は戻るのだろうか。何しろ、いまだ自分の名前と断片的で不気味な記憶しか思い出せはしないのだ。もしかしたら、いつまでもこのまま、自分が何者かさえもわからないままなのかもしれない。

だが、夏樹は同時に疑問を抱く。そもそも私は、なぜ記憶喪失になったのだろう。信が言うように、爆発のショックのせいなのだろうか？

もしかするとだけれども、別の理由で私は、記憶を思い出せない――思い出そうとしない――いや、思い出したくないのではないだろうか？

「……それにしても」

顎を手で擦りつつ、信が独り言のように呟く。

「鈴本さんのあれ、本当に、何だったんだろうな」

「あれ……って？」

「あの顔つきだよ。さっきも言ったけれど、鈴本さんの様子は本当におかしかった。気になるんだよ。仮に僕たちを襲うことに理由があったとしても、どうしてあんなに無表情だったんだろう」

「それは……」

言葉に閊える夏樹に、信は声を潜めた。

「もしかしたら……そういうことなのかもしれないな……」

「そういうこと？」

「ああ、うん。ええと……一から説明するとちょっと長くなるけれど、いいかな」

信は、こほんと小さく咳を払った。

「君は、この研究所がある奥神谷の沿革を知っているかい？　地形的には四方を山に囲まれた盆地で、まあ、何をするにも不便な土地だよ。平坦な場所が少ない上に、春先まで雪が残るから、米が作れない。代わりに小麦や豆を育てて細々と暮らしてきたと聞くね」

昆虫食なんかも随分あったようだ、と信は真顔で言った。

「村に出入りするのも、険しい山道を使うしかない、現代の秘境だが、そんな土地でも、明治や大正の頃にはそれなりの人口があったらしい。さすがに昭和期になると村からどんどん若い人間が出て行って、少子高齢化が問題になったそうだ。そんな中で持ち上がったのが、有名なダム建設の話だ」

「聞いたことがあります」

頷きつつ、夏樹は答える。

「昭和三十年ごろの話でしたっけ。ここにダムができれば、中京圏への安定した水源になるし、水力発電もできるっていうので、計画されたんですよね」

「へえ、そういう知識は記憶として残っているんだ」

やっぱり面白いなあ、と信は感心したように言った。

「概ねそのとおりだね。もっとも、中京圏への水や電源供給っていうのは建前で、税金をこの辺りの土建業者に落としたいっていうのが本音だったらしい。まあ、そんなわけで昭和三十年代に、ここにダムを造る具体的な計画が立てられた。けれども、このダム建設には村民からの大きな反対があった。故郷が水の底に沈むのは許せないと」

「教科書にも載ってますよね。でも結局、計画は進んでしまった」

「日本列島改造論に沸く当時の世相じゃ、抗いようがなかったんだろうね。結局、二千人ほどいた奥神谷村の村民は全て、他の場所へ転居することになった。奥神谷は、村ごと引き払ってしまったってわけだ」

「確か、昭和四十年代の終わりごろの話ですよね」

「そうだね。こうして障壁は消えて、後はダムを建設するだけになったのだけれど、結局、そうはならなかった」

「オイルショックと、不景気ですよね」

「そのとおり。……なんだ、僕より知ってるじゃん」

本当に記憶喪失なの？　と信は冗談めかして言った。

「不景気で予算が見直されることになる中、槍玉に挙げられたのがこの奥神谷ダムだった。元々地元を潤わせるっていう下心が見え見えで、そもそも本当に役立つのかっていう疑問も提起されていたからね。侃々諤々の後で、結局、ダム建設は中止されたというわけ」

要するに、頓挫したのだ。

後に残ったのは、帰村さえできなくなった二千人の村民と、放置された奥神谷村だけ。このような喜劇的な悲劇は、国の杜撰な政策がいかに国民の生活に悪影響を与えるかというトーンで、今では多くのテキストで悪しき事例として挙げられているのである。

「こうして、奥神谷村は荒れるに任せる廃村となってしまったわけだ」

「でも一部の好事家には、聖地のように扱われていたと聞いたことがあります」

「廃墟マニアだろ。確かに、村ごと廃墟っていうのはなかなかない。マニアにとっては確かに、この上ない聖地だったろうね」

苦笑いを浮かべつつ、信はなおも続けた。

「ただ、そんな聖地も、ここ数年で大きく様変わりした。われらが平成製薬のお陰でね」

――平成製薬。信と夏樹が研究者として所属する会社だ。

「君に記憶があれば説明するまでもないんだけれど、平成製薬は、その名の通り年号が平成になってから、というより本当にここ僅か数年の間に急成長した会社だ。元は富山にあった『古宇田模範堂』っていう老舗の漢方薬問屋だけれど、そこの八代目、つまり今の社長がとんでもないやり手で、会社名を『平成製薬』と改名した上で、美容と漢方を結びつけたアンチエイジング商品を大々的に売り出したんだ。これが大ヒットしたのをきっかけに、ほんの十年で会社は拡大し、今や国内で一、二を争う製薬会社にまでなった」

「急成長だったんですね」

「それくらい、世間は美容や老化防止に興味があったってことだろうね」

僕にはあまり理解できない話だけれど——と信は肩を竦めた。

「いずれにせよ、それだけの成長を遂げたこの会社が、さらなる商品開発を図るという名目で、三年前、新しい施設を建て始めた。……この奥神谷にね」

信は暗い地面を指差した。

「当時ここの土地は、毎年のように競売に掛けられながら買い手がつかない、いわば国の不良債権だった。そりゃそうだ、ダムの底に沈むくらいしか価値がない土地を、誰も買うわけがない。そこに目を付けたのが、平成製薬だ。すぐさま村の土地すべてを買い上げ、研究所を建設した」

「それが、この、平成製薬研究所」

夏樹は嘆息する。山奥とはいえ村ひとつ分の土地を買い上げ、そこにこれほど立派な一連の研究所を造り上げる。言うのは簡単だが、投じられた資金は途方もない額となっただろう。

「もちろん、単なる金に飽かせた道楽だってわけでもない。製薬事業っていうのは機密的なものだし、研究には綺麗な水と空気が必須だ。その意味でここは理想的な土地だからね。とはいえ、ひとつの村をまるごと、企業の研究所に造り替えてしまったのも事実なわけで、金の力に物を言わせて、よくぞそこまでやったものだと感心するよ」

そして、そのお陰で僕らも、高い給料で研究をさせてもらえるわけだけれどね——と、信は言った。

「研究ですか。……そういえば」

ふと思い出したように、夏樹は問う。

「信さんもここで研究されてたんですよね。何の研究をしていたんですか」

「僕？　僕は感染症の研究に従事していたよ」

「ウイルス……」

「特に細菌やウイルスの耐性に関する分野が中心だったね。まあ、ありきたりと言えばありきたりなテーマだけど、ただ、製薬を語る上では絶対におろそかにしてはいけない基本領域だ。知ってのとおり、現代の薬剤史は、菌と抗菌剤とのいたちごっこだからね」

菌と抗菌剤とのいたちごっこ——言いえて妙だと夏樹は心の中で頷いた。

ほんの百年前まで、人類は常に疾病の脅威にさらされていた。結核、破傷風、天然痘、狂犬病、ペスト、その他あらゆる「不治の病」のリスクといつも隣り合わせにあった。

そんな人類の抗病史に大きな一歩を刻んだのが、抗生物質だ。

青かびから発見されたペニシリンを初めとする抗生物質——細菌やウイルスのみを特異的に破壊し、あるいはその増殖を防ぐ化学物質の発見は、人類にとって病と闘う強力な武器となった。

これにより多くの命が救われ、結核をはじめとする「不治の病」は、過去のものとなっていったのである。

しかし、抗生物質の脅威に、微生物の陣営もいつまでも黙っていなかった。

細菌やウイルスの中に、何度も抗生物質に曝されるうち、これらの物質に対抗する能力を獲得するものが現れたのだ。いわゆる耐性菌と呼ばれるものが、それだ。

耐性菌や耐性ウイルスは、彼らにとっての毒である抗生物質を無効化する性質を獲得しており、これを武器に、再び人類に牙を剝き始めてきたのである。

人類もその都度、さらに新しい抗生物質を開発し、微生物たちとの攻防を続けている。

信の言う「いたちごっこ」とは、そういう意味だ。弛まぬ研究により決して細菌やウイルスを優位に立たせないこと、つまり細菌やウイルスが獲得する耐性よりも常に先んじた薬剤を開発することこそが、「絶対におろそかにしてはいけない基本」の真意なのである。

「その点、細菌とウイルスを研究するには、ここは本当にいい研究所だよ」

信が、道の両脇に聳える建物を見上げる。

上端が夜空の闇と溶け合い、曖昧になった建物の稜線。目を細めつつ、信は言った。

「広いし、空気はいいし、何もかもが新しい。一応は製薬事業という大枠で研究するけれども、独自の研究も尊重してくれる。必ずしも利益一辺倒にならないのがいいところだ。寮も施設内に置いてくれているし、研究者にはまったく申し分のない環境ではあるね」

ひとつ難を言えば田舎すぎるってことかな、と信は笑った。

「とにかく、何も娯楽がないんだ。もしかすると、脇目もふらずに研究に打ち込めってことかもしれないけれどね。とはいえ、僕はここのほうがいいと思ってる。感染研で働くのも悪くはないけれど、向こうに負けない最新の設備がこっちにはあるからね。国内でＢＳＬ４に対応できるのは、感染研と理研と、うちだけだ」

「ＢＳＬ４……」

「ＢＳＬ（バイオセーフティレベル）のことさ。ＢＳＬ４は一番上のランクで、生物研究に関する最高の安全性が確保されているっていう意味だね。エボラや天然痘にも対応できる」

エボラ熱ウイルス、天然痘ウイルス。どちらも人から人へ容易に感染し、かつ重篤な病状を示す、高死亡率の感染症だ。当然、研究に当たっては、病原体の確実な管理と封じ込めが必要となる。ＢＳＬ４とはつまり、管理基準を十分にクリアしているということだ。

「私も……細菌やウイルスの耐性の研究をしていたのかな」

ＢＳＬ４ほどの研究所で働いていたのだから、自分もそれにまつわる研究をしていたのではないか。

夏樹の呟きに、信が「たぶん、そうだろうね」と応じた。

「ただ、その内容は僕ら一般研究員のものとはかなり違っていたと思う。君の研究は、本当に特別だったんだよ」

「特別って、どういうことですか」

「例えば予算だったら、他の研究班が年度予算ベースで毎年本社の経理部と折衝しなきゃならないところ、君なら折衝なしで無制限予算が認められていた。青天井だったんだよ。それにこの研究所では、たとえ研究者であっても無関係のエリアには立入禁止とされているけれど、君には制限はなかった。要するに、それだけの権限がなければできない類の研究をしていたっていうのは間違いないんだ」

「………」

夏樹は思わず、考え込む。

予算は無制限、立入制限もなし。大きな権限を与えられ、それでもなおひとりで研究を——特殊な研究をしていたという私。

私は一体、ここで何の研究をしていたのだろうか？

「僕とそんなに年齢の違わない君が、大きな権利を与えられて、大きな仕事をしているなんて、驚きだし、羨ましくもあったわけだけど……あ、そうだ、ひとつ思い出した」

信はぽん、と手を打つと、夏樹をちらりと見た。

「君の研究は、それこそ耐性菌とか薬剤とかいった些末なものじゃなくて、もっと大きな、言わば『人類への多大な貢献となるべき研究』なのだ、と聞いたことがあるな」

「人類への、多大な貢献……」

「あくまでも噂だけどね。とにかく、人類がバイオテクノロジーを研究する最終目的に関する仕事をしているのだ、って、誰かが大袈裟に言っていた気がするな」

「バイオテクノロジー」

不意に、夏樹の後頭部がちりちりと発火する。

そうだ――バイオテクノロジー――私はその言葉、そして言葉に内包された意味について、間違いなく精通していたのだ。

「どうした？　泉さん」

突如無言になった夏樹に、信が心配そうな声を掛ける。

だが夏樹は、頭を抱えたまま、曖昧な記憶とただ向き合っていた。

夏樹の頭の中に浮かんでは消えていくのは、ただ断片的な会話の一部分。時間も場所もわからない、主体や客体でさえも曖昧な言葉――。

――どうして、そんなに私を買ってくれるのですか。

――研究室に残らないか。

――私にはやりたいことがあるのです。

――いいだろう、明日からうちに来たまえ。

――今回は、ご縁がなかったということで。

――君と同じように、私もまた、最愛の妻を亡くしているのだ。

――夏樹ちゃん、気を落とさないでね。

次々と、誰かの台詞がランダムに脳髄を駆け巡る。そして――。

――私にとって価値があるのは、その研究だけだからだ。

そう、その低く、静かで、落ち着いた声色の言葉こそ、確かに誰かが、夏樹に対して言ったもの。

それが、誰だったのか――。

「……うう」

思わず、夏樹は呻く。

その台詞を吐いたのは――もしかして、お父さん？

「調子が悪いんだったら、少し休もうか？」

なおも俯いたままの夏樹に、信がそっと何かを差し出す。

缶コーヒーだった。

「白衣のポケットに入ってたやつでよければ。まだ開けてないから、遠慮なく飲んで」

「ああ……ううん、平気です。ありがとう」

夏樹は、首を横に振ると、信に微笑みを投げた。

「ちょっと考え事していただけです。もう大丈夫」

「ならいいんだけれど……無理しなくていいんだよ」

信は本当に心から心配してくれているようだった。夏樹は「ありがとうございます」と心から礼を述べると、誤魔化すように話を変えた。

「缶コーヒー、お好きなんですか？」

「え？　ああ。好きってわけでもないんだけどね。ただ、この研究所の水が合わなくてね」

缶コーヒーのプルトップを開けると、信は中身をごくりと飲んだ。

「ここの水は、地下水を利用してるんだけど、やや硬度が高いんだ。だから僕みたいに体質が合わない人は大体、自販機でよく缶コーヒーやミネラルウォーターを買って飲んでるよ。君も確か、ミネラルウォーター派だったよね」

「そうなんですか？」

「あれ、違った？　よくペットボトルを持ち歩いているのを見かけたから、きっとそうだと思ってたんだけど。あ、いや、ごめん。ちょっと話が脱線しすぎた」

喉が渇いていたのだろう、コーヒーを一気に飲み干し、空き缶をポケットにしまうと、信は話を元に戻した。

「さっき僕は、鈴本さんの挙動を不審に思った。そして『そういうことなのかもしれない』と言った。もしかしたら、鈴本さんは何かの病原体の感染者になったんじゃないかと疑ったからだ」

「キャリア……？」

「ああ。ウイルスか細菌かはわからないけれど、何らかの病原体に感染したんじゃないか。そう考えれば、あの挙動や無表情の理由も説明できるんじゃないかと思ったんだ」

「つまり、病原体に感染して病気になり、その副作用であんなふうになってしまったと？」

「あるいは、作用そのものでね」

信は、真剣な表情で言った。

「もしそうだとすれば、最も問題になるのは、何が病原体なのかがわからないということだ。症状は、凶暴性の増大、そして無表情。でも僕はあんな症状を示す病原体は聞いたことがない。錯乱や凶暴性という点で狂犬病に近いし、表情がなくなるという点ではビタミン欠乏症が疑われるけれど、それが両方とも現れているということになると……」

「原因がわからない」

残念ながらね——と眉間に皺を寄せ、信は続ける。

「だが、わからなくて当然なのかもしれない。なにしろここは、あらゆる種類の疾病を扱う医薬品の研究所だ。僕が知らない病気や、突然変異種が保管されていてもおかしくない」

「それに感染して、鈴本さんがあんなふうになった可能性は、十分にある？」

「少なくとも、可能性がゼロとは言えない」

神妙な面持ちで、信は頷いた。

夏樹は思う。確かに、ここはBSL4が確保された研究所だ。裏を返せば、それほど危険な病原体を取り扱えるという意味にもなる。

そう考えれば、信の言うことは十分に理解できる。

さらに、もしそれが本当だとするならば、なおのことあの被験者棟の爆発と関係があるとは言えまいか。

期せずして、信と夏樹はお互い黙り込む。

そんな二人の背後で、誰かがか細い声で呟く。

「あ……あの、お取込み中、よろしいですか？」

蝉塚だった。怯えたように歩きながら、蝉塚はおどおどと信に話し掛ける。

「どうかしました？」

「あの、その、ちょっと、気になることがあるんですが」

「気になること？」

なんですか？　と問う信に、蝉塚はそっと道の左側にある建物を指差した。

そこは、コンクリート平屋建ての、小さな窓が一定間隔で並ぶ味気ない建物。窓の向こうは暗く、非常口を示す緑色の光がぽつんと点っているのが見える。

「倉庫ですか。あそこがどうかしたんですか」

「あの、ええと、あの倉庫の中って、今、どなたかいるのでしたっけ？」

「え？　うーん、仕事時間中なら作業員がたまにいますけれど、今は時間外ですし、基本的に誰もいないと思うんですが」

「ですよね。でも今、あの窓に、人影が見えたんです」

「人影？」

「ええ。すごい勢いで、誰かがすーっと窓の向こうを横切っていて……」

「……本当ですか？」

何かの見間違いでは、と訝しげに目を細める信。

「いえ、見間違いじゃありません。本当です。見たんです。たぶん……いや、確かに」

首を捻る信に、羽田が横から口を挟む。

「それって、なんだか怪談話みたいっすけど、でかい爆発もありましたし、大方警備の人か何かじゃないっすか」

「警備員さん。うーん、言われてみればそんな格好だったかもしれませんが、でもそれにしては動きが早かったような……あっ！」

はっと口を開けると、倉庫の窓を指差し、蟬塚が叫ぶ。

「いた！　あそこ！」

反射的に振り向く夏樹。その視線の先、倉庫の居並ぶ窓の、一番右のその奥。

思わず夏樹も、「あっ」と小さな声を発する。

確かに——そこを、蟬塚の言うとおり、黒い影が異常な速さで横切っていたからだ。

「見ました？　今、あそこを何かが通ったでしょ？」

「……確かに、いたっすね」

羽田が、低い声で応じた。

「前言撤回するっす。あれ、警備の人とかじゃないっすね。あんなに早く動く警備員なんか、見たことないっす」

「さ、さっきからなんなんですか？　あなたがた」

小室井が、震え声で言った。

「気味が悪いことばかり言って、なんだか知りませんけど、やめてくださいよ、そんなの」

「やめろって言われても、俺、確かに見たんすよね」

嘘はつけないっす、と羽田が肩を竦めた。

「しかし、確かに変だな。本当に、誰かがいるのかもしれない」

そう言うと信が、ゆっくりとその窓へと近付いていく。

信ひとりだけを行かせてはいけない。そんな気がして、夏樹もまた恐怖心を押さえつつ、信の後に付いていった。

「ちょ、ちょ、どこ行くんですか、あなたがた」

歩を進めた信と夏樹の背後で、小室井が信に異を唱える。

「ほっときゃいいでしょ、そんなの。無視して、先に進むべきでしょ？」

「そうしたいところですけれど、僕はここの研究員ですし、異常があれば確認する義務があります。もしかしたら爆発や鈴本さんと関係があるかもしれませんし」

「じゃ……じゃあ、行きたい奴だけで行ってくださいよ！　私はここで待ってますから」

「そうしてください」

つっけんどんに言うと、信は静かに、しかし足早に歩を進めた。

信の後を追う夏樹。その両側には、いつの間にか蟬塚と羽田も付いてきていて、小室井だけがその場に置いてけぼりにされる。

「か、勝手にすりゃいいでしょ？」

しばし毒づいていた小室井だったが、やがて、ひとり取り残された不安からか、結局は、信たちから二十メートルほど距離を置いて、そろそろと付いてきた。

苦笑しつつ、信と夏樹はつい今しがた影が横切った窓へと近付いていく。

遠目には小さい窓だったが、近付けばそれなりに大きかった。下端は肩の、上端は目算で地上三メートルほどの高さにある。幅は両手を広げたくらいの、おおよそ正方形の窓だ。

いつの間にか忍び足となっていた信たちは、窓の前で一度、腰を屈めて立ち止まる。

先頭にいた信が、そっと夏樹たちに振り向き、目配せした。

それから、背伸びをするように踵を上げると、窓の向こうを覗き込む。

「…………」

ゆっくりと頭を左右に振り、目線を倉庫の中で一往復させてから、信は夏樹たちに振り向くと、小声で言った。

「……誰もいないな」

「ほ、本当ですか？」

「ええ。蝉塚さんも覗いてみます？」

場所を譲られ、信と同じようにそっと中を覗く蝉塚。

「た、確かに、誰もいませんね」

額に玉のような汗を滲ませつつも、蝉塚は少しだけほっとしたような表情で言った。

「別に何もないですし、やっぱり私の見間違いだったのでしょうか？」

「かも、しれませんが……」

信と夏樹は顔を見合わせ、首を捻る。見間違い——本当にそうだろうか。蟬塚が見たという人影は、信と夏樹も確かに見ているのだ。

夏樹は、小室井の様子をちらりと窺った。

びくびくと怯えつつも、小室井は夏樹たちからやや離れた倉庫の壁際に身体を寄せていた。ふてくされたような表情で、しかし不安げに立っている。

そんな小室井が、ふと——。

自分の真横にも、窓があることに気付いた。

信たちが覗き込んだ窓とは別のもの。だが、その窓の存在に気付いた小室井は、これもおそらくは無意識の行動として、踵を上げると——怪訝そうに窓の向こうを覗き込んだ。

その瞬間。

「うわあああっ！」

小室井が絶叫した。

と同時に、その声を覆い隠すほどの大音量。

何事だ？　一同が「小室井さん？」と一斉に振り向く。

小室井の覗く窓ガラスが、まるで内側から爆発するように、粉々に割れていた。

身を竦め、顔と身体を守るように両手を上げる小室井。

一体、何が起こった？　突然の出来事に、思わず息を呑む夏樹。

だが、その間にも、さらに驚くべきことが起こった。

大量のガラス片が吹き上がるように宙を舞う中、窓の内側から、にゅっと伸びたのだ。

――「手」が。

「ひっ！」

蝉塚が、引き付けを起こしたような悲鳴を上げる。

夏樹も思わず目を疑った。だがそれは、見間違いではなかった。窓の奥から伸びる一本の腕――その腕の後ろから次々と現れるのは、また別の腕。一本、二本、三本――遂には何十本もの腕が、小室井に摑み掛らんと伸ばされる。

「うわあ！　うわ！　うわああ！」

掠れた悲鳴を上げ、小室井は飛び退く。

だが、そんな小室井の手首を、一本の腕がにゅっと伸び、素早く摑んだ。

「や、やめっ！」

抗う小室井。だが一か所を摑まれた次の瞬間には、何十本もの手が彼を拘束していた。

もはや顔まで押さえつけられているのか、もごもごと悲鳴にもならない呻き声――小室井はそのまま、あっという間に窓の中へと引きずり込まれ、そして消えてしまった。

その間、わずか数秒。

しばし、呆然としたまま立ち尽くす夏樹たち。だがやがて、その出来事がまったく嘘のような静けさの中、はっと気付いたように、彼らはお互い顔を見合わせた。

「い……今の……？　今のは……？」

青白い顔で、唇を震わせる、蟬塚。

ひゅうひゅうと喉から空気だけが漏れ出すような、声にならない声――。

羽田も、洒落（しゃれ）にならないっす、と一歩後退（あとずさ）る。

「あ、あれ……逃げるしかないっすよ」

しかし信は、ややあってから、ごくりと唾を飲みこみつつ低い声で言った。

「僕は……見てくる」

「見てくるって？　ちょ、止めた方がいいっすよ！　どう考えてもヤバいっしょ！」

「それはわかる。でも……何が起こったのか確かめたい。助けないと、小室井さんも」

信はぐっと口を真一文字に結ぶと、つい今しがた小室井が何十本もの手に引き込まれていった窓へと、歩を進めた。

そんな信の後に、夏樹も意を決して付いていく。

ガラスが粉々に割れ、窓枠だけになった窓。足元には破片がいくつも散らばっている。

スニーカーを履いていたのは幸運だった。だがそれでも、大きな破片は靴を突き抜ける恐れがあるから、慎重に歩を進める。

さっきの光景が嘘のように、周囲には静寂だけが満ちる。

窓枠の下まで行くと、信は夏樹と目を合わせ、無言で人差し指を上に向けた。

そっと覗こう、という意味。夏樹は、小さく頷くと、信とともにゆっくりと頭を上げ、窓枠の下端から中を覗いた。

中は、真っ暗だった。

「……？」

何も、ない？　いや、目が慣れていないだけか？
何度か目をぱちぱちと瞬きつつ、夏樹はすぐに、あることに思い至る。
いや、違う。私の目は、さっきから暗闇の中で、十分に順応しているはずだ。
にもかかわらず、どうして何も見えないか。
それは、たぶん、すでに見えているからだ。
一様に真っ黒な、影が。
ということは――。
――あっ！
ようやく、気付いた。
同時に、はっきりと見えた。
辺り一面、びっしりと存在していたものが。
実はそこここで、もぞもぞと不気味に蠢いていた、それらが。
――っ！
夏樹は、声にならない悲鳴をなんとか飲み込むと、ほぼ反射的に窓枠から頭を下げた。
見ると、横にいた信も、口元を両手で覆っていた。

こめかみに浮く血管。今にも口から爆発しようとする恐怖を必死で押さえつつ、彼はがたがたと震えている。

夏樹は理解した。信もまた、見たのだ。あの地獄のような光景を。すなわち。

何十人もの、蠢く者たち。

ある者は這い、ある者は座り、ある者は立っていて。

床一面を、一分の隙もなくびっしりと埋め尽くしていて。

全員が全員、不気味な無表情を顔面に張り付かせていて。

にもかかわらず全員が、ある一点を向いていて――。

そう、その一点にあったのは――病院着。

先刻まで小室井が着ていた、水色の病院着。いや、今では真っ黒に変色したもの。

周囲には、何かぐちゃぐちゃとした、吐瀉物のような、肉片のような、烏が食い散らかした生ごみのような薄汚いものも、うっすらと見えている。

それが一体何なのかは、わからなかった――いや、わかりたくもなかった。

そして、一点を向く彼らは、どいつもこいつも――。

くちゃ、ぼり、くちゃ、くちゃ、ぼり。

――口を、動かしていた。

ぼり、くちゃ、ぼり、くちゃ、くちゃ。

一心不乱に、何かを口にしていた。

ぬるぬると粘液に塗れた、ふるふると蒟蒻のように揺れる半透明のものを、こりこりとした軟骨のようなものを、茸の柄のようなものを、新鮮なレバーのようなものを、それらがごちゃ混ぜになった何かを、啜り、歯を剥き出して噛み潰し、咀嚼していた。

つまり、食らっていた。くちゃくちゃと、舌なめずりをしつつ、ぽりぽりと、何かを奥歯で砕きながら、そして時折、ごくりと気味の悪い嚥下音を立てながら——。

そのおぞましい光景と、音。思い出すだけで、喉の奥から酸っぱいものがこみ上げる。

胸を押さえ、えづきを堪えつつ、夏樹は思う。

彼らが一体、何をしていたのか？

ああ、考えるまでもない。それは——。

「……泉さん、行こう」

俯いていた夏樹の肘を、顔面蒼白の信が引いた。

そうだ、行こう。考えちゃいけない、今は——。

無言で頷くと、夏樹は信の後を付いて、静かにその場を立ち去った。

がくがくと震える足、抜けそうになる腰。それでも必死で地獄の窓から逃げ帰った夏樹たちを、不安そうな顔で蟬塚と羽田が出迎えた。

「だ……大丈夫っすか？」

心配そうに、羽田が訊いた。

「あそこで何があったんすか？　小室井さん、どうなっちゃったんすか？」

だがその問いに、信も夏樹も、無言でしか答えられない。

蟬塚もまたおずおずと問う。

「連れて戻られなかったということは、もういらっしゃらなかったんでしょうか」

「………」

信がちらりと夏樹を見る。

自分が見たもの、聞いたもの。言うべきか、言わざるべきか——。

だが意を決したのか、小さく溜息を吐くと、信は事実を告げた。

「小室井さんは、いました。しかし、残念ながら、もう……」

「もう……？」

「残念ながらって、どういうことっすか」

「その……殺されていたんです。大量の何かに」

「……殺されていた？」

ひっ——と蟬塚が息を呑む。

羽田が「まじっすか」と震え声を漏らしつつも、青い顔で問う。

「殺されてるって、本当っすか。っていうか、『何か』っていうのは、一体何なんすか？」

「『何か』は……『何か』だ。人の形をしているけれども、人じゃない。とにかく『何か』としか言いようがない『何か』……」

信は、自らを落ち着かせるように胸に手を当てつつ、続ける。

「その『何か』に、何十人もの何かに、小室井さんは襲われ、殺されていました。そして……その『何か』に、身体を、食べられていて……」

「食べ……られて……？」

絶句する二人。夏樹もまさに今見た光景を思い出す。

そう、小室井は、食われていた。

あの何十人もの『何か』。まさに鈴本と同じ無表情な『何か』に、小室井は生きたまま身体を毟られ、抉られ、折られ、引きちぎられ、生のまま、ぽりぽりと、くちゃくちゃと、ごくんごくんと、嚙み砕かれ、咀嚼され、嚥下されていた。

——しばし、言葉を失ったままの一同。

信が、その静寂を破るように口を開いた。

「ここは……危険です。離れましょう」

その信の提案に反対する者は、もちろん、誰ひとりとしていなかった。

＊

夏樹たち四人は、無言のまま先へと進んでいく。

今見聞きしたこと。それが何だったのか、信も夏樹も改めて語ることもなければ、蟬塚も羽田も改めて訊くこともなかった。

言わずとも、あるいは尋ねずとも、十分に理解できていたからだ。

あれが——あの『何か』が、少なくとも極めて危険なものであるということが。

『何か』とは、人間と似て非なる何か。

人間と同じ背格好で、人間と同じく四肢と頭を持ち、人間と同じ服を着て、人間と同じ二つの目、二つの耳、ひとつずつの鼻と口を持つ。にもかかわらず、人間とは明らかに違う、まるで異質な存在。

徹底した無表情とともに襲い掛かり、そして人を食らう者たち。鈴本のみならず、あちらこちらに数十人単位で存在する『何か』。

そもそも、彼らは何者なのか？

ひとつ考えられるのは、『何か』とは、研究所が隠匿していた異形の生物であるという可能性だ。微生物研究は時に突然変異を扱うことがある。彼らもまた、そんな突然変異の一種なのではないか。

だが夏樹は、すぐにその着想を否定した。

いくらなんでも、それはない。

人間の突然変異種が密かに隠されていただなんて、あまりにも発想が馬鹿げている。

しかし、だとすれば、彼らの正体とは。

夏樹は思う。鍵となるのは、研究所に今、誰の姿も見当たらないという現実だ。

この研究所は、ひとつの村を改造するほどに大きいもの。少なくとも何百人単位での研究者たちや、従業員、さらには被験者たちがいなければならない。

だが、彼らの姿はどこにもなく、代わりに『何か』がうろついている。

この現実から考えられる結論は、ただひとつ。

『何か』とは、ここに勤務し、あるいは暮らしていた彼ら自身なのではないかということだ。

つまり、人々はそっくりそのまま『何か』に変貌してしまったのだ。同僚研究者であったはずの鈴本が、変わり果てていたということが根拠だ。

だが、だとすれば。

いくつものさらなる疑問が、夏樹の頭を過る。

人々はなぜ『何か』へと変貌してしまったのだろう？　そして、逆に私は――私だけではなく信や蟬塚、羽田、小室井は、なぜ変貌していないのだろう。

なぜ彼らは、私たちに襲い掛かり、食らおうとするのか？

そもそも、『何か』とは、何なのか？

――わからない。何も。

いや、本当のところは、わかりそうな予感はあった。というのも、その何かに関する事柄が、さっきから夏樹の頭の中に存在しているような気がしていたからだ。

つまり私は、この異変について、もしかすると真相を知っている――知っていた。

だが、そのことを今は、一欠片も思い出せずにいる。

だからそのことを夏樹は、一言も口に出さずにいる。

——やがて四人は倉庫の横を通り抜けると、やや開けた広場のような場所に出る。

信が立ち止まり、周囲を窺う。

「やっと、中央交差点まで来たか」

「中央交差点……」

「南北と東西に走る大通りが、交差する場所だよ」

ということは、ちょうど研究所の中央までやってきたということか。

「研究所の出口までは、あとどのくらいあるんですか？」

「まだまだかな。……あと二キロメートルくらい」

そんなにあるのか——研究所の敷地の広大さに、夏樹は半ばうんざりした。

ちょっと休もう。そう呟くように言うと、信は膝に手を突いた。

信につられるように、四人はその場でしばし休息する。

もちろん警戒は怠らない。視界のいい交差点だが、見えるのは街灯の周囲と、夏樹たちを中心にして半径五十メートルくらいの範囲だけだからだ。建物に明かりはほとんど点らず、東西南北に伸びる道路も、両脇に幻想的な蛍光灯の光を従えつつ、闇の中にある消失点へと溶け込んでいる。

何も見えず、動く気配もない。だが、だから何もいないとは限らない。

夏樹は、きょろきょろと周囲に視線を走らせた。

信もまた、険しい表情のまま、忙しなく四方に顔を向けていた。

不気味なほどに風が凪いでいた。気持ち悪い無音に、むしろ耳はキンと空鳴りを起こす。

ふと、誰かが呟いた。

「ど、どうして、人っ子ひとりいないんでしょう」

蝉塚だった。初老の彼は、誰よりも疲弊し、喉でぜいぜいと喘ぎながら言った。

「あんな爆発があったんです。変な連中だってうろついているのに……どうして誰もいない、助けに来てくれないんでしょう」

訝る気持ちはよく理解できた。

被験者棟で発生した、建物が崩落するほどの爆発事故。あちこちに蔓延る『何か』。あまつさえ、夏樹たち目がけて無差別に襲い掛かってきさえする異常な事態だ。にもかかわらず、どうして警察や救急車は助けに来ないのか。

だが、問われた信は、蝉塚の問いには答えず、険しい表情のまま、ただ無言だけを返し続ける。

その理由は、夏樹にもすぐにわかった。

先刻から、夏樹たちの周囲を漂うものに気付いたからだ。

――気配。

冷や汗が流れるほどの禍々しさ。金属の塊の無機質さと、何かが腐敗している嫌気とが同居し、本能的な忌避を呼び醒ます雰囲気。その出所がどこなのか、その正体が何なのかさえ、わからない。だが、ひとつだけはっきり言えることがある。

とにかく、ヤバい。

少なくとも、こんな場所でいつまでももたついているわけにはいかない。

夏樹もまた信と同様、何も答えず、ただただ呼吸を整えることだけに専念する。

やがて信は、「……行こう」と北極星の方角に向けて歩き出す。

その後に、夏樹たちは再び無言で付いていく。

*

二キロメートル。信が述べたその距離が、実感とともに、眼前に伸びる。

アスファルトに覆われた真っ直ぐの道。行く手の消失点に向け、夏樹たちは進んでいく。

誰が決めたわけでもないのに、先頭に信、次いで夏樹、蝉塚、そして羽田の順で。

警戒はなおも、怠らない。

両脇の建物、その凹凸が作り出す陰影が、恐ろしげに夏樹たちを見下ろしている。

夏樹は嫌な想像を巡らせる。もしかすると今も『何か』が、私たちをどこからか虎視眈々と眺めつつ、舌なめずりしているのだろうか。

だから、一瞬の油断もできなかった。それでなくとも、あの嫌な気配はまだ、ねっとりと纏わりつくように夏樹たちの周囲に立ち込めているのだから。

はあ――はあ――。

荒い息遣いが聞こえた。

夏樹の背後にいる蝉塚の呼吸だ。

蝉塚は四人の中で最も小柄で、夏樹よりさらに頭ひとつ分小さい上に、年齢的には老人だ。早歩きの信には、追いつくのがやっとなのに違いない。

もっとも、だから音を上げるわけにはいかないと、他でもない蝉塚自身がよくわかっているのだろう。その息遣いからは、彼なりの必死さも十分に伝わってきていた。

とはいえ、こんな場所で倒れられたら、それはそれで困ることになる。少しスピードを緩めてもらおうと、夏樹が前を歩く信を呼び止めようとした、そのとき。

——ぱきん。

音が、闇夜に響く。

それは、何かが折れる音。大きいようで小さな、それでいて耳の奥に残る音。

「……す、すみません」

蝉塚が即座に、小声で謝った。

「どうやら、小枝を踏んづけたみたいで……」

音の出所は、夏樹のすぐ後ろ、蝉塚の足下だった。

静かにする義務があると感じていたのだろうか、蝉塚は、何度も謝罪の言葉を口にした。

大丈夫ですよ、それより蝉塚さんは大丈夫ですか——そんな言葉を掛けようと、夏樹が後ろを振り向いた瞬間。

——えっ？

身体中の毛穴が、ぶわっと広がった。

そこに見えたものが何なのか。夏樹にはすぐに理解できなかった。

だが理解はできなくとも、本能はその危険を十分に察知していた。

「危ない！」

背後で信が叫ぶ。

反射的に、夏樹は腰を屈める。

目前にいる蝉塚もまた、驚いて首を竦めた、すぐその上を——。

何かが一閃した。

それは白い刃の残像を思わせる、何か。

——今のは？

だが、それを確かめる間もなく、夏樹は引けた腰をさらに引き、勢いのまま後退する。

そんな彼女をしっかりと抱き留めると、夏樹の口を手で押さえ、耳元で囁いた。

「静かに！」

蝉塚もまた、顔を今にも泣きそうなほどにくしゃくしゃに歪めながら——おそらく絶叫したいのだろうが、それもできずに——夏樹と信の方へ足をもつれさせて、逃げた。

一塊になると、ようやく三人は、その方向に——白い刃の方向に、視線を向ける。

そこには、羽田がいた。

暗がりに色味を失い、くすんだ灰色に見える病院着の袖。

その両の袖を二刀流の得物のようにこちらに突き出し、じりじりとにじり寄る。

羽田の顔は、おぞましいほど無表情だった。

*

なぜだ？　どうして羽田が自分たちを襲おうとしているのか？　仲間だった彼が。

困惑。だが目前にあるのは、紛れもない現実だ。

無言で、無表情で、じっとこちらを窺いつつ、羽田は間合いを測りながらじわじわ距離を詰める。

軽い口調の、しかし頼りになる羽田は、もはやいない。いるのは、何を考えているのかさえわからない別の生物。羽田は今や、夏樹たちに対する明らかなる敵意を持った『何か』となってしまっているのだ。

そんな羽田が、いや『何か』が、じわり、じわりと距離を詰める。

後退る信、蟬塚、そして夏樹。

ごくり、と誰かが唾を飲み込む。

同時に、蟬塚が口を開く。

「は、羽田さん？　あなた、何を？」

甲高く裏返る声。『何か』のこめかみがぴくりと痙攣する、と同時に。

跳躍。

予兆なき動作。その着地点には、蟬塚。『何か』が顔面目がけて両手を突き出した。

「ひゃあ！」

驚く蟬塚が、腰を抜かしてへたり込む。

それが奏功した。

鍛え上げられた『何か』の堂々たる体躯は、小柄な蟬塚の上を、まるで水面を泳ぐように通り過ぎ、数メートル先の地面に指先から飛び込んだ。

ぼこっ、と鈍く嫌な音。

だが『何か』は、そのままアスファルトに突き刺さった指先を支点にくるりと半回転をすると、再び夏樹たちに身体を向け、両手を前に差し出した。

その指先に、夏樹は思わず目を逸らす。

爪はひしゃげ、血が噴き出ている。親指から小指まで、すべての指が、関節ではない箇所で曲がり、無残に砕けた骨を露出させている。酷い損傷。一体、どれだけの力でアスファルトを抉ったのか。

これだけの傷を負えば、激痛にのたうち回るのが普通だ。しかし『何か』の顔付きは、相変わらず無表情のまま。

しかも睨み付ける視線の先は、なおも蝉塚。

狙いを付けられた蝉塚は、怯えた表情で「わ、わわ」と、尻餅を付いたまますずると後退り、今にも悲鳴を上げんと大口を開ける。だが。

「しっ」

信が、その口を素早く手で覆い、囁くように言った。

「静かに。羽田は音に反応してる」

ぴくり、と『何か』のもはや潰れた豚足のようになってしまった指先が、反応する。

ぐっ、と蝉塚は両手で口を塞ぎ、悲鳴を飲み込んだ。

夏樹もまた、無意識に片手で口を押えた。

しかし『何か』は、なおも半目のまま、じりじりと、夏樹たちににじり寄る。

声を上げたくなる衝動を、夏樹は必死で堪える。

『何か』に睨み付けられたままの蟬塚は、気の毒なほどに震え、それでも歯の根がかち合う音がしないようにだろう、必死で奥歯を嚙み締めていた。

ただ信だけが、腰を屈めながら、じっと期を窺うように『何か』を睨み返している——。

そんな三人に、『何か』は、ずりずりと、すり足でなおも近付いていく。

その距離が、五メートル、四メートルと徐々に縮まる。

蟬塚の背が、恐怖に、ぐっ、ぐっ、と上下する。

三メートル、二メートル。

錆びた鉄とアンモニアが混ざったような悪臭が鼻を突く。顔を顰めつつ、夏樹はその臭いが、羽田の壊滅した指先と、蟬塚の失禁によるものだと気付く。

『何か』の身体が、ほんの一メートルの距離まで接近する。

半分だけ開いた目は白目を剝き、鼻腔(びくう)からは汗とも鼻水ともつかない透明な液体を垂らす。ついさっきまで羽田だった無表情が、すぐそこに迫る。

呼吸音さえ漏らすまいと堪える三人を目の前に、『何か』は、その場所でぴたりと足を止めると、白目のまま、幾度か首を捻るような動作をした。

それから、無残な両手で二度、びっちゃ、びっちゃ、と手を打つ。

血液かリンパ液かもはや区別もつかない、ただ汚らしいだけの茶色い粘液が、夏樹の顔に跳ねる。

ひっ、と思わず顔を背ける夏樹。

途端に『何か』の首が、ぎろりと夏樹の方を向く。

僅かな音にも反応するのだ。息を飲みつつ、夏樹もまた、再び喉元まで上がってきていた悲鳴をすんでのところで抑え込む。

そんな夏樹の視界の端で、不意に、何かが動いた。

恐怖心を抑え込みつつ、視線だけを動かす。

信の手だった。信はゆっくりと手を自分の顔の前に動かすと、人差し指を立てた右手を唇に当て、左手は掌をそっと夏樹に向ける。

――静かに。動かないで。

ジェスチャーで示す信の瞳に、夏樹はゆっくりと首を上下に振る。

信は、そっと忍び足で横に動き、その場から数メートルほど離れると、道路の側道の向こうにある芝生に手を伸ばし、何かを拾い上げた。

それは、拳大の石。

トラックから落ちたものか、あるいは側溝のコンクリートが剝がれたものか。いずれにせよ信は、足元にあった無機質な武器をしっかりと握りしめた。

ようやく夏樹にも、信の意図が理解できた。彼は羽田と――いや、今や羽田ではなくなった『何か』と、戦おうとしていると。

一方、なおも夏樹の眼前には、無表情の『何か』がいた。

ひゅるる、と『何か』の唇が震え、生臭い唾の滴が飛び散る。

蟬塚もまた、蛇に睨まれた蛙のように、全身を硬直させたまま小刻みに震えている。

恐怖に耐えられず、蟬塚が大声を上げてしまうのも時間の問題か。

急いで、と信に目配せを送る。

信は、ゆっくり『何か』に接近していた。

真剣な表情。右手には石を握り、じわりじわりと近付いていく。

信はやがて、『何か』と一メートルの間合いを置いた場所で、夏樹と視線を合わせた。

険しい目つき。その意味は即座に伝わる。すなわち。

すぐに逃げろ。

頷く夏樹。と同時に信は、石を握った両手を振りかぶると、絶叫した。

「うおおお！」

ぐるりと信に身体を向ける『何か』。

その額に、信は、思い切り石を振り下ろす。

ぐちゃ。鈍く水っぽい音。

倒したか？　だが横に転がってその場から退避する夏樹には、すぐにはわからない。

ひぃひぃと喘ぐような声は、蟬塚のものか。

慌てて逃げる夏樹と蟬塚。その場を必死で数メートル離れてから、二人はようやく後ろに振り返る。

『何か』は、信と対峙(たいじ)していた。

右手を信に向ける『何か』。病院着の左半身は先刻まではなかった血に塗れ、先端の潰れた左手はだらりとぶら下がっている。

夏樹は理解した。信の攻撃は、『何か』の頭ではなく左肩に当たったのだ。

『何か』の肩甲骨は破壊された。だが、頭部への損傷はなく、したがって『何か』はいまだその無表情を信に向けたまま、なおも威嚇するように信ににじり寄る。

『何か』を睨み付けつつ、信は、吐き捨てるように言った。

「……来いよ」

その言葉と同時に、『何か』がノーモーションで飛び掛かった。

まったく人間のものとは思えない素早い動作とともに、『何か』はいまだ健在の右手を突き出す。

危ない！　思わず目を瞑る夏樹。次の瞬間。

ぼごっ、と潰れる音。次いで、どさっ、と倒れる音。

そして、静けさ。

一体、どうなったのか？　恐る恐る目を開ける夏樹。

そこには、横向きに倒れた『何か』と、その横で屹立する信の姿があった。

信の手にあった石は『何か』の側頭部にめり込んでいた。信は、『何か』の攻撃を避けると、すれ違いざま『何か』の頭部に石を叩き込んだのだ。

ごぼ、ごぼと嘔吐するような音を喉から漏らしながら、その場でぴくりぴくりと痙攣する『何か』。『何か』は無表情のまま、なおも標的を求めているのか、周囲にきょろきょろと視線だけを投げていたが、やがてその動きは緩慢になり――。

最終的には、半目のまま、ぴくりとも動かなくなった。

「た……助かった……」

死ぬかと思いました、と長い安堵の溜息とともに、その場に尻を落とす蟬塚。

夏樹もまた、がくがくと落ち着かない膝を前に出し、信のいる場所へ歩み寄る。

当の信は、微動だにせず、ただ『何か』を険しい目つきで見下ろしていた。

わなわなと震わせる、真一文字に結んだ唇。信の左手を、夏樹はしっかり握った。

「行こう、信さん」

瞬間――。

夏樹の眼前を、いきなり赤黒いものが突き上げる。

それは、『何か』の右手。ぐちゃぐちゃに潰れ、赤い筋肉と、黄色い脂肪と、青白い骨から、粘液をごぽごぽと吹き出させた、解剖図そのものの肉体。

思わず、尻餅を突く夏樹。

そんな彼女に覆いかぶさるようにして、『何か』ががばりと上半身を起こすと、無表情のまま、何を言うでもなく、右手を夏樹の目に向けて勢いよく突き出した。

「ああっ！」

悲鳴にならない声を上げる夏樹。

だが、『何か』の壊滅した指先は、夏樹の顔には届かない。

起き上がった『何か』の側頭部に、信が素早く足を掛けたのだ。そして。

「……羽田君、すまん！」

そのまま信は、『何か』の頭ごと、全体重を掛けるようにして石に踏みつけた。

夏樹は再度、ぎゅっと目を瞑る。

ぼりっ、ぐちゃっ。不愉快な音。

数秒後には、再度の静寂。

夏樹は再び、恐る恐る目を開ける。

そこには、今度こそ取り戻された静寂と、頭部を完全に破壊された、かつては羽田だった『何か』の骸だけが、無残に転がっていた。

＊

がくりとその場に膝を突く信。

そんな信の両側で、夏樹と蟬塚もまたへたり込む。

はあ、はあと荒い息を吐く信に、何と声を掛けたらよいかもわからないまま、夏樹はただ彼の背をいたわるようにさすり続けた。

つい今の今まで一緒に行動していた羽田。その彼がいきなり攻撃を仕掛けてきたのだ。鈴本と、そして倉庫にいた無数の者たちと同じ、無表情な『何か』に変貌して。

とにかく倒すしかない。それ以外の選択肢はないと全員が理解していた。

でなければ、自分たちが『何か』に倒されてしまうからだ。

だから、殺すしかなかった。仕方がなかったのだ。これは正当防衛なのだから。

だが、ほんの数時間とはいえ仲間として行動していた羽田を殺すということが、いい後味を残すわけがない。

無言のまま俯いている信の態度が、彼自身の心情を十分に吐露していた。

だから夏樹もまた、掛ける言葉もなく、そっと信に寄り添うしかない。

でも、どうしてだろう。

夏樹はふと、自問した。なぜ羽田は、突然『何か』になってしまったのか。

その問いに、すぐ彼女は先刻の信との会話を思い出した。

――さっき僕は、鈴本さんの挙動を不審に思った。

もしかしたら、鈴本さんは何かの病原体の感染者（キャリア）になったんじゃないかと疑ったからだ。

ウイルスか細菌かはわからないけれど、何らかの病原体に感染したんじゃないか。そう考えれば、あの挙動や無表情の理由も説明できる。

いちいち、信の言葉が得心できた。とすれば、やはりこれは。

「……し、信じられません」

不意に、蟬塚が掠れ声で言った。

「まさか羽田さんが、私たちを襲うなんて……どう考えてもおかしいです。さっきまで羽田さんは、私たちと一緒に逃げていたんですよ。そもそも鈴本さんから私たちを救ってくれたのも羽田さんだったんです。その羽田さんが、どうして私たちを……」

しかも、あんなふうに変わりはててしまって、と蟬塚は語尾を詰まらせた。

そのとおりだ、と返す言葉もない夏樹と信に、蟬塚は、辛(つら)そうな溜息とともに言った。

「こんなの、まるでB級映画……そう、ゾンビ。ゾンビ映画ですよ。あんなふうに人間らしさをなくして、まるで羽田さん、ゾンビにでもなってしまったみたいでした」

「ゾンビか……」

信もまた、溜息混じりで言う。

「おっしゃるとおりです。僕も、あの『何か』には、出来の悪いホラー映画のゾンビかと目を疑いました。見境なく襲い掛かる、身体の損傷も気にしない、そして人を食らう……」

人を食らう――その五文字に、鋭利な刃物の切っ先を突きつけられたような怖気をもよおした。

蟬塚が、なおも問う。

「ですが、どうして羽田さんまで、その、ゾ……ゾンビになってしまったんでしょう？」

「あくまで推測ですが……『感染した』恐れがあります」

「感染した？」

「やっぱり、あれは何かの感染症なんですね」

横から口を挟む夏樹に、信は剣呑な皺を額に寄せつつ、無言で頷いた。

ぶるり、と震えつつ、蟬塚は声を裏返す。

「か、感染症……って、ありゃあゾンビ化する感染症ってことですか？」

「その可能性は否定できません」

「そんな。じゃあ羽田さんは、そのゾンビ菌か何かに感染してああなったってことですか」

「菌かどうかはわかりません。しかし羽田さんが『何か』に感染した結果、ゾンビ化したのだということは十分に考えられる」

「ちょ、ちょ、ちょっと待ってください、だ、だとすると」

　酷くどもりつつ、蟬塚は言った。

「まさか黒崎さんも、泉さんも、というか私も、すでにそいつに感染しているかもしれないってことですか？　つ、つまり私たちもあんなふうにゾンビ化する？　い、嫌です！　そんなの！」

「落ち着いて、蟬塚さん。大丈夫、たぶんそうなることはありませんから」

　ゾンビは嫌だと喚く蟬塚を、信は冷静に宥める。

「僕らの中で、ゾンビ化したのは羽田君だけでした。どうしてだと思いますか？　羽田君だけが、鈴本さんに怪我させられたからです」

「怪我を……？」

「ええ。鈴本さんと格闘したとき、羽田君は首筋に怪我をしたでしょう。おそらくそのときに、鈴本さんが保有していたゾンビ化を促す『何か』に感染したんです」

夏樹は思う。確かに羽田は、鈴本に襲われたとき、首筋に血の浮かぶ生々しい傷を作った。その傷が鈴本の血液と触れ合い、感染経路になったのだ。

「たぶん、ゾンビ化する『何か』は体液を介して感染するんです。要するに、ゾンビ化した連中の体液にさえ触れなければ、大丈夫だってことです」

「と、ということは、私たちからの発症は……？」

「ありません」

信は、力強く首を縦に振った。

「でも、今後も大丈夫だとは言えません。体液が傷に触れるか、飲み込んでしまえば、それが感染原因になります。だから、羽田君の亡骸には触らない方がいいと思いますし、今後またあいつらと戦うときには、細心の注意が必要になることは忘れてはいけません」

「な、なるほど」

「いずれにせよ、僕たちはまだ感染していません。感染していなければ、生き延びる道もある。だから心を強く持ってください、蟬塚さん」

「は、はい」

蟬塚はようやく納得したのか、こくりと頷いた。

――やがて、数分が経ち、三人の呼吸が十分に整ったところで、信は言った。

「羽田君には申し訳ないけれど、ここからは、一刻も早く立ち去りましょう」

出口まで辿り着けば、僕らは助かります！――と、信は力強く鼓舞するように言った。

だが夏樹は、信の口調にほんの僅かな違和感を覚えていた。

それは、ことさらに明るい言いぶりの中に潜む、強がりのようなトーン、あるいは、上げた口角に見える小さな戦慄き。

やっぱり、と夏樹は気付く。そうか――信も不安なのだ。

なぜ不安なのか？　言うまでもない。疑念があるからだ。

あのゾンビから自分たちは逃れることができるのか。

本当に自分たちは感染していないのか。

『何か』に感染しゾンビになることなく、生き延びることができるのか。

そもそも、この研究所から本当に脱出することが可能なのか。

そんないくつもの疑念が、信の脳裏を不安を湧き立たせながら過っているのだ。

もちろん、だからといって躊躇している暇はない。もはや選択肢はひとつしかないからだ。

つまり、逃げる。
退避する。この敷地から一刻も早く外に出る。脱出する。
いずれにせよ、そうするしかないのだ。もはやそれしか、できることがないのだから。
信はきっと、すでに覚悟を決めている。だからこそ私や蝉塚を鼓舞しているのだ。
だとすれば、私だって、やるしかない。
いや、やるのだ。
彼女もまた、両方の口角を上げると「よし！」とひとつ、気合を入れた。
「いいでしょう、行きましょう！　絶対に脱出して、皆で生き延びましょう！」
夏樹の言葉に、信は、今度は不安のない笑顔で頷いた。

＊

静かに、かつ可能な限りの速さで、夏樹たちはアスファルトの上を駆けた。

もはや曲がりも起伏もなくなった大通り。道の両側には白い側溝が、その向こうに明かりが点らない建物が、大通りを挟むように建ち並んでいる。

「もうすぐだ、このまま五百メートルも走れば、研究所出入口のゲートに着く」

頑張れ——と、荒い息の合間に信が励ましの言葉を投げた。

ゲートがどこにあるのか、目視ではまだ見えない。

五百メートル。短いようで、長い距離だ。その距離感が、夏樹に不安を呼び起こす。そのどっちつかずの距離を、果たして私たちは無事に走り抜けることができるのだろうか、と。

だがすぐ夏樹は、大きく首を左右に振ってそんな不安を頭の中から追い出した。疑えば、為せるものも為せなくなる。誰よりもばてている蝉塚でさえ、必死で走っているのだ。考える必要はない。今はただゲートに向かって突き進めばいい。

とにかく、前へと進むのだ。

腹を決め、夏樹が顔を上げた、その瞬間。

不意に、淡い光が夏樹の右頰を照らした。

ぎょっとして、思わずその方角を見やる。

そこにあるのは——。

——月。

禍々しい橙色に染まる巨大な月。

朧げで、幻想的な、山峰から顔を出したばかりの満月。

思わず足を止めると、夏樹は、吸い込まれるようにその姿に見入った――。

――だが。

「っひ！」

蝉塚が突然、しゃっくりのような裏声とともに、左手の側溝の向こうを指差した。

「あ、あそ……！」

震える指先で、蝉塚が示すその先。先刻までは暗闇だったその場所に、月光に照らされた一棟のビルが、くっきりと姿を現していた。

窓があちこちにあるビル。窓の意匠はどれも不定形だが、遠目に見ればそれらはリズミカルな波のように建物の端から端へとレイアウトされている。入口はガラス張りで、周囲の植木がきちんと手入れをされている。研究所の中核をなす建物か。

「……本館だよ」

夏樹の推測を、信の言葉が裏付ける。

だが信の注意は、すでにそこにはない。もちろん蝉塚が指差す対象も、それではない。

彼らの視線は、むしろ建物の入口、突き出た立派な庇の下にあった。

庇の影に隠れるようにして、もぞもぞと蠢き続ける者ども。すなわち何十人ものゾンビたちが繰り広げる、おぞましき饗宴に。

呆れたように、信が呟いた。

「……全員、感染者か……」

男もいれば、女もいた。背広もいれば、作業服もいた。ジーンズもいれば、スカートもいた。だがそのどれも、人間らしさを失い、まるで地獄の業火に苦しむ罪人のように、月明かりの下、ゆらりゆらりと身体を揺らせる、ゾンビだったのだ。

しかも、よく観察してみれば、ゾンビたちはただ静かに揺れているだけではなかった。

時折吹く風が鳴らす梢の音。転がる石の音。それらが聞こえるたび、ゾンビたちは全員が素早くその方向を向くのだ。全員が、無表情で、無言を貫いたまま、しかし一分の乱れもなく同調して――それは、刺激に一意的に反応する昆虫の群れを思わせた。

そして――。

ゾンビたちは全員、一様に、両手に何かを持ち、食らいついていた。

それが何なのかは、わからない。だがゾンビたちの足元には、腕のような、足のような、頭のような、とにかく嫌な形のシルエットが、断片となって散らばっていた。

「え……？　た、食べ……あれ……？　人……？」

蝉塚が目を瞬きつつ、不思議そうに首を傾げた。彼は、ゾンビが人を食っているのを初めて見たのだ。心の底から驚いたとき、人はただただきょとんとしてしまうらしい。

しかしその「人が人を食らう」地獄絵図は、紛れもなき事実である。

意図せずして苦いものが込み上げ、夏樹は胸を押さえた。

そんな夏樹に、信が小声で囁く。

「今、ようやくわかった。泉さん。あれは、ゾンビじゃない。……ウェンディゴだ」

「ウェンディゴ？」

「ああ。こればかりは、さすがの泉さんでも知らないと思うから、説明する」

ちょっとオカルトじみた話だけれど、と信は続けた。

「あれは、ウェンディゴ症と呼ばれる症状にそっくりだ。『症』という漢字は付いているけれど、医学上の症例として認知されているものじゃない。実際、ウェンディゴ症よりも、『ウェンディゴ憑き』という超自然現象的な言い回しの方でよく知られているからね」

ウェンディゴ症、あるいはウェンディゴ憑き。

それは、北アメリカに住むインディアンの、ある部族に伝わるという民族病の一種だ。

ウェンディゴという耳慣れない単語は、彼らの言葉で「この世ならざるもの」の意。日本語では「鬼」が、おそらくニュアンスがもっとも近いだろう。

ウェンディゴ症に罹患した患者は、あるときから「自分はウェンディゴに取り憑かれた」という強い思い込みが頭を占めるようになる。もちろん肉体的な変化はなく、あくまでも主観的なもので、妄想と捉えるのが正しいのだが、当の患者本人は「間違いなく自分はウェンディゴに取り憑かれている」と信じ込む。同時に「このままでは自分がウェンディゴに変化してしまう」という猛烈な恐怖感と不安感をも抱いてしまうのだ。

そしてこの患者は、次第に「周りの人間が食べ物に見える」ようになる。

「た……食べ物に？」

眉を顰める夏樹に、信は「ああ」と複雑な表情で頷いた。

「人間が食べ物に見え始めた結果、患者は猛烈に人間を食いたくなる。人肉を欲するようになるんだ。そして周囲にいる人間たちを、見境なく襲い始める。しかも、ウェンディゴ憑きは移る……正確には、移るものとされている。だからその部族では、ウェンディゴ憑きが出ると、被害が拡大しないよう患者を隔離し、速やかに殺してしまうそうだ」

残酷な話だが、そういう風習だから仕方がない、と信は眉根に皺を寄せた。

ウェンディゴ症——そんな病気があったとは、と感心しつつ、夏樹は問う。

「でも、そのウェンディゴ症って一体、何が原因でなるんですか」

「さあね。正体はまったく不明だ」

信は肩を竦めた。

「オカルトの世界に片足を突っ込んでいるような病気だし、はっきりとした記録もないから、詳細はわからない。一説によればビタミン欠乏の一種とされている。ビタミン欠乏は精神錯乱を生む。インディアンは内陸部に住んでいたから、特定のビタミンが常に慢性的に不足していた可能性が高く、そのせいじゃないかというわけだ」

「でも、それだと、感染することの説明はできない気がします」

「確かにね。だから他にも、狂犬病の亜種だったんじゃないかという説もある。ただ、もう今では確認のしようもないから、すべては憶測に頼るしかない」

真相はまさに闇の中というわけ——そう肩を竦めると、信はなおも続ける。

「とまあ、本来の意味でのウェンディゴ症とはこういうものなんだけれど……そう考えると、泉さん」

遠くの建物の影で妖しく蠢き、猛烈な勢いで何かを食らう、餓鬼のごときゾンビたち。目を細めながら、嫌悪感を滲ませつつ信は言った。

「あいつらも、ウェンディゴのようには見えないか」

「………」

確かに、そうだ。

猛烈に人肉を欲する。感染する。どちらもウェンディゴ症の示す特徴と一致するのだ。

少なくとも、ウェンディゴ症との関連はあるように思えた。例えばウェンディゴ症がビタミン欠乏の結果ならば、彼らの無表情が理解できる。ある種のビタミンが欠乏すると、表情が失われるのだ。あるいは狂犬病の亜種ならば、彼らが音に敏感だという特徴が説明できる。狂犬病患者は、水や音のような刺激をことさらに嫌うのだ。

夏樹は納得した。なるほど、確かにあれらを、ウェンディゴ類似のものであると考えても差し支えはなさそうだ。

だが、そんなウェンディゴ症がなぜ、この研究所に蔓延（まんえん）しているのだろう？

訝りつつ、夏樹はすでにその理由に感づいていた。

おそらく、いやきっと、ここがＢＳＬ４の研究所であり、現に何らかの病原体が存在していたのだろうことと、関係があるに違いない、と。

だからこそ、何かがわかってきた気がする、と。だが――。

「ここも危険だ……行こう」

信が夏樹の袖を引いた。

夏樹ははっと我に返った。今のところ、考えるのは後回しだ。

今は、逃げよう。夏樹は、信と蟬塚とともに、蠢くウェンディゴたちに気付かれないよう、アスファルトの道を忍び足で駆けていく。

＊

「あ！」

不意に、行く手に門が現れた。

大通りの幅とほぼ同じ、二十メートルほどのゲートがコンクリート塀の間に見えたのだ。

ゲート脇には電話ボックスのような守衛の詰所もある。中に人の気配はないが、ぼんやりと常夜灯が点っている。

夏樹は頷いた。間違いない、あれが研究所の出入口だ。

「た、たた、助かったああ……」

長時間、緊張と疲労に苛まれ続けてきた蟬塚が、情けない声を漏らした。だがすぐ、信と夏樹より前に、むしろそれまでよりも元気そうに走り出る。

その気持ちは、夏樹にもよくわかった。なにしろあとほんの少し頑張れば、この悪夢のような研究所から脱出することができるのだ。疲れも吹っ飛ぶというものだ。

だが——。

そんな瞬間だからこそ、夏樹たちは自戒すべきだったのだ。終着点が見えたときにこそ、油断は生じるものなのだということを。

先を走る蟬塚の足元で、突然、ぱきぱきと何かが割れるような大きな音がした。

「う、うわっ!」

思わず蟬塚が、たたらを踏む。

だがその突いた足の場所からまた、ぱきぱきと威勢のいい音が響く。

一体、何だ? 足を止めて初めて、夏樹たちは気付いた。

乾いて黒く変色した木の枝が、アスファルトに同化して山ほど散らばっていたことに。

それらが、たまたまそこに溜まったものか、それとも何者かが故意にばら撒(ま)いたものかはわからない。ただ、ゴールが見えたことに浮足立った夏樹たちが誰も、その足下に潜む罠(わな)に気付かなかったのは、事実。

しまった!

戦慄が電撃のように背筋を立ち上る。三人とも、それ以上不用意に足を置かないよう、その場に固まった。

それでも、ぱきぱきという音が、残り香のようにいまだ蟬塚の足元から聞こえていた。

夏樹は、信に目で訴える。

今の音、大丈夫?

「………」

剣呑な表情のまま、何も答えない信。

彼はしばし周囲に視線を走らせていたが、やがて、身体中に緊張を漲(みなぎ)らせつつ、言った。

「……駄目、みたいだ」

彼の視線が釘(くぎ)付けになっている方向を、夏樹は振り向く。

そこに見えた光景に、夏樹の背筋を冷たいものが撫(な)でる。

視線の方向。二百メートルほど先に、奴らはいた。

ある者は手首から先が欠損し、ある者は衣服が無残に破け、ある者は口を生々しい赤で汚し、しかし一様に無表情のままの亡者(もうじゃ)どもが。

月光の下、この場所を目がけて全力で駆ける、何十人ものウェンディゴの群れが。

「あわ、わ！　わわ！」

がくがくと膝を震わせる蝉塚。

信が、吐き捨てるように言った。

「まったく……最後までおとなしくしてはくれないってことか」

その声はすでに、小声ではない。もはや、声を潜めても無駄だったからだ。

だから夏樹もまた、いつもの声で問う。

「どうしますか、信さん」

「さて、どうするか……」

横一列に連なる、津波のようなウェンディゴたちを見つめると、信は肩を竦めた。

「……とりあえず、ここから退避だ」

*

大通りから離れ、脇の芝生へと駆け込む。

何かの建物のすぐ傍。目前で、刑務所の塀を思わせる高い壁面が行く手を阻んでいる。

振り返れば、そこには相変わらず何十人ものウェンディゴたちがいる。ちょうど先刻夏樹たちがいた辺りで、奴らが踏みつける小枝がぱきぱきと折れる音が鳴った。

「よ、よく響くんですねえ……」

呆れたように蟬塚が呟いた。確かにあれでは「私たちはここにいますよ」と触れて歩いているようなもの、見つかって当然だ。

ウェンディゴたちとの距離は、すでに百メートルを切っている。ここまで追いつかれるのは時間の問題だ。さあ、どうする？

といっても、逃げるか戦うかしか、選択肢はない。

——ふと見ると、信が芝生にしゃがみ込んでいた。あまり手入れをしていないのか、芝生が踝あたりまで伸びている。信はそこに手を突っ込むと、必死に動かしていた。

「何してるんですか？」

「探してるんだよ」

「探してる？　こんなときに、何を？」

「それは……あった！」

そう言うや、信が何かを拾い上げた。

それは、一辺が二十センチほどの正方形の金属板に三十センチほどのパイプが溶接された金具だった。錆びて赤茶けたそれを、信はいきなり「ほら！」と投げて寄越した。

「わわ」

ずっしりと重いそれを、夏樹は両手全体で受け止める。

「え、ええと……これは？」

「武器だよ、武器！」

戸惑う夏樹に、信は叫ぶ。

「ここの壁、一週間前まで塗装作業をしていて、足場が組まれていたんだ。とすると、幾つか金具が落ちてるんじゃないかと思ったんだが、案の定だったよ！」

改めて夏樹は、金具を見た。おそらくは足場の土台に使われたものだろう。パイプの部分を握ると、それはハンマーのような武器にも、盾にもなりそうな雰囲気があり、何より妙にしっくりと手に馴染んだ。確かに、武器にはもってこいだ。

「何もできずに、あいつらの餌になるだけじゃつまらないだろ？　そいつを持って戦うんだ。……お、もうひとつあったぞ、これは蝉塚さんだな！」

再び信が何かを蝉塚に投げて寄越す。先端が曲がった工具——バールだ。

「うわ」

取り損ねる蝉塚。だが今一度バールを拾い上げると、さすがに覚悟を決めたのか、それをバットのように握り締め、試すように素振りをした。

「……やるしかないんですね」

「ええ。ここまできたら開き直るしかありません」

妙に明るい声で、信自身もまた細長い鉄パイプを拾い上げた。長さは二メートルほど。かなり重そうだが、背の高い信には、むしろ適した武器だ。

よし！　丹田に気合を込めると、夏樹たちは覚悟を決め、後ろを振り返る。

ウェンディゴたちは、すでにすぐ二十メートルほどの距離まで接近していた。

無表情、無言、そして全員が半目の、不気味なウェンディゴたち——。

怯（ひる）む心に、夏樹は気合を入れ直す。

そう——四の五の言わずにやるしかないんだ、ここまできたら！

「……壁を背に戦おう。そうすれば一人が相手にするウェンディゴは、三体だけで済む」

「一人で三体だけ、ね」

信の提案に、ははは、と蟬塚が力なく笑う。

「攻撃するときは、頭を集中的に狙う。脳を破壊すれば連中は動かなくなる」

「……はい」

ごくりと唾を飲み、手中の武器を握り締める。錆の臭いが鼻を突いた。

「あとは、間合いを十分に取ること。くれぐれも、怪我をしないように」

そうだ、それも重要だ——怪我をして、ウェンディゴの体液と触れることは、そのまま自分がウェンディゴ症に罹患することを意味するだろう。

ウェンディゴとの距離が、もう十メートルを切った。

月明かりの下でも、ウェンディゴたちの顔付き、身体付きが鮮明にわかるほどの距離。

信が一声、「行くぞ！」と叫ぶ。

「生き延びるぞ、みんなで！」

「もちろん！」

夏樹もまた、笑顔で絶叫した。

その声に反応したウェンディゴのうちのひとりが、元は若い女性だったのだろうか、長く艶やかなストレートの黒髪を振り乱しつつ、夏樹に向かって飛び掛かった。

武器を構え、迎え撃つ夏樹。

ウェンディゴが、右手を夏樹の顔に伸ばした。右目を狙っている。

スクウェアカットに整えられたウェンディゴの中指の爪。それが眼球に突き刺さる寸前、夏樹は身をかわし、そのまま手に持っていた武器の正方形の直角に尖った角を、力一杯ウェンディゴの後頭部に振り下ろした。

ぐしゃ。

鈍い音。鈍い感触。固い殻の中にある柔らかい黄身を抉り出すような動作で、夏樹はすぐ武器を捻りながら引っこ抜く。

正方形の角には、何十本かの長い髪と、青白い骨の破片。そこに弾力のある、ストロベリーソースを掛けた杏仁豆腐（あんにんどうふ）のようなものが付着している。なんだこれ？

後頭部をぱっくりと割られたウェンディゴは、ぴくぴくと激しく痙攣しつつ、そのままの姿勢で俯せ（うつぶ）に倒れた。夏樹は気付く。

あ、これ、脳みそか。

妙に冷静な頭でそう把握すると、夏樹はその邪魔で生臭い塊を武器から振り落した。べちゃっと音を立てて、白とピンクの混合物が芝生の隙間に消えた。

まずはひとり。ほっと一息、など当然吐いてはいられない。

夏樹はすぐに振り返った。さあ、次！

「わわっ！」

次の敵はすでに、すぐ傍にいた。

頭の禿（は）げ上がった、年配のウェンディゴだ。ひしゃげた眼鏡を律儀に鼻の上に載せているが、レンズは両方ともとうに割れ落ち、ただの伊達（だて）眼鏡だ。

驚きつつも、夏樹は血に塗れた武器をくるりと反転させ、重さと反動を利用して、そのままウェンディゴの顔に叩きこんだ。

くしゃ。

さっきよりも幾分、軽い感触。

武器が、ウェンディゴの右の眼窩に眼鏡のフレームごとめり込む。

ウェンディゴの血飛沫が、ぷしゅっと音を立てて舞う。

その霧のような一滴一滴にも、ウェンディゴ症の種がある。身体を捩じって血飛沫を避けると、夏樹は、ウェンディゴに突き刺さった武器を、そのまま袈裟懸けに薙いだ。

ばりぼりばりばり。

骨が砕ける、薄気味悪いが爽快な感触。

目を開けると、そこには顔の半分が崩壊したにもかかわらず、なおも無表情のままのウェンディゴが、なぜかその場でぴょんぴょんと飛び跳ねていた。

なるほど、顔の骨は、頭蓋骨よりも薄くて柔らかいらしい。

妙に落ち着いた感想を抱きつつ、夏樹はちらりと手元の武器を見た。その先端には、さっきまでウェンディゴが掛けていた眼鏡のフレームが絡みついていた。いや――。

「……？」

フレームだけじゃなく、血の混じった温泉卵のようなものも、とろっと糸を引く繊維を介して、ぶら下がっていた。

これは一体？　武器を持ち上げると、その塊がくるりとこちらを向いた。

ひしゃげた目玉だった。

「ひゃっ！」

さすがに、悲鳴が喉から飛び出た。

だが漏らす悲鳴は半分だけ、残りは無理やり飲み込むと、夏樹は再度、視神経付きの眼球ごと、そのウェンディゴの脳天にそいつを叩き込む。

ごぷっ。

禿げた肌色の頭頂部に、柘榴のようなおぞましい内容物が弾けると、無表情のウェンディゴは、唇の両端に白い泡を溜めつつ、その場に膝から崩れ落ちた。

気が付けば、すでに夏樹の白衣には、煤と土とウェンディゴの体液で、赤とオレンジと黄色と茶色と黒に彩られた不気味な模様が描かれていた。

それがすべて、自分の戦闘と、斃したウェンディゴの痕跡であるという事実。

血の気が引き、今にも気を失いそうになるが、それでも夏樹は、半ば自棄になりつつ、なおも腹の底から叫んだ。

「……来いっ！　次っ！」

また幾人かのウェンディゴが、その声に反応して夏樹に振り向く。

臆せず武器を振りかぶる。

攻撃を避け、代わりに武器をウェンディゴの頭に叩き込む。

体液が噴き出す。脳漿が零れ落ちる。骨や肉片が飛び交う。

汗、涙、涎、洟、もはや分類もできない何かが、宙を舞う。

目の前で今にも食らいつかんとするウェンディゴを叩き壊すと、夏樹はまた次への希望を辛うじて繋ぐ。

生か、死か。

ひたすら、それらを選択し続ける。

ふと見れば、蝉塚もまたウェンディゴたちと互角以上の戦いを見せていた。

小柄な蝉塚は、むしろ小柄であることを最大限活用していた。身体を屈め、一度に相手をするウェンディゴの数を二体に減らしているのだ。その二体を交互にバールで打ち付ける。手が短く力も劣る蝉塚だが、長いバールがリーチを伸ばし、威力を上げている。何より蝉塚は、的確にバールの尖端でウェンディゴの急所を破壊していた。

よく殺人事件があると「バールのようなもの」が凶器として特定される。夏樹は常々奇妙だと感じていた。なぜ殺人にわざわざ「バール」が使われるのか。ハンマーとか、金属バットとか、アイスピックではなく、なぜちょっと特殊な工具「バール」なのか。

その答えを、蟬塚が証明していた。

バールとはつまり、ほかのどの凶器よりも、殺傷性が高い武器だったのだ。

ハンマーの持つインパクト、金属バットの持つ取り回しやすさ、アイスピックの持つ鋭利さ、そのすべてを兼ね備えているのが、バールなのだ。

だからこそ、目の前で蟬塚は、次々ウェンディゴを屠っている。壁を背にして、汚れに塗れながらも、蟬塚の傍には累々とウェンディゴの死体が築かれていた。

夏樹の心に、希望の灯が点る。

やれる——殺れる！

もしかすると、私たちは全員、生き残ることができるかもしれない！

無意識に口角を上げた、その瞬間。

あ——。

夏樹は目を瞬いた。

突然——そう、まったく唐突に——何の前触れもなく——蘇ったのだ。

それは、「言葉」。

何の変哲もない、ただの記憶の断片でしかない「言葉」だ。しかし、おそらくはこの惨劇の核心に坐するかもしれない「言葉」。つまり——。

「……『不老不死』？」

呟いた、その刹那。

——気配。

「なっ！」

その方向に身体を捩じると、武器を振りかぶる。

「わっ、ストップ、ストップ、僕だ！」

信だった。

危うく振り下ろしそうになった右手をすんでのところで止める夏樹。

「ご、ごめん！」

慌てて謝る夏樹に、信はほっと胸を撫で下ろす仕草を見せた。

「危なかった……危うく、僕までスプラッタになるところだったよ」

「すみません」

「いいんだ、いきなり近づいた僕が悪かった。それより夏樹さん、そっちは？」

「十人くらい斃しました」

「僕もだ。蟬塚さんもそのくらいはやっつけたかな？」

「ええ、バール一本で頑張ってます」

頷く夏樹。見れば、襲い掛かってきたウェンディゴたちはあらかた死体に変わっていた。

しかし信は、やや浮かない表情で顎を上げる。

「見てごらん、あれ」

信が見る先に、夏樹も視線を向ける。

ぎょっとした。そこには、さっきよりもずっと大量のウェンディゴが、横一列となってこちらへ走ってくる光景があったからだ。

「……第二波？」

「ああ。倍ぐらいいる。さて……どうしたもんか」

肩で息をしながらも、冷静に信は呟く。

そこに、残りのウェンディゴたちを斃し終えた蟬塚が合流する。

「やりましたよ！　私、あいつら全員やっつけましたよ！」

「…………」

「あ、あれ、どうしたんですか、お二人とも」

ちらりと蟬塚を見ると、信は、そのまま視線を先刻の方角に向けた。

つられて視線を送った蟬塚は、目をぱちぱちと瞬いた後で数秒、きょとんとしていたが、やがてそこに連なるウェンディゴの第二波に気付くと、「ひっ」と悲鳴を上げた。

「あ、あ、あんなにたくさん……」

さすがにもう無理です、と蟬塚はへなへなとその場にへたり込んだ。

しばし唸っていた信は、やがて夏樹に尋ねる。

「これ以上の力技は無理だ。とすると……夏樹さん、君、何か持ってないか？」

「も、持っているって、何を？」

「役立ちそうなものを」

「役立ちそうな？　……うーん」

「あ、あの……」

唸る夏樹の横から、蟬塚が遠慮がちに言葉を挟む。

「これ、どうでしょうか？　今、持っていたことに気付いたんですが。何の役に立つかどうかは、さっぱりわかりませんが」

おずおずと差し出す、それは――。

どこにでもある百円ライターだった。先端の金具が少し錆び、ガスももう残り僅かだ。

だがそのライターを見るや、信は目を見開いた。

「それ、まだ使えますか？」

「え？　ええ。私がいつもタバコを点けるのに使っているものですから」

「上等です！」

借りますよ！　と半ば強引に蝉塚からライターを奪い取ると、信は改めて言った。

「……夏樹さん、蝉塚さん、お二人にお願いがあります」

「な、なんですか？」

「しばらくの間、頑張って耐えてください」

「耐えるって、何をですか？」

「ウェンディゴに」

「ウェンディゴに？　……それ、どういう意味ですか」

「二人で頑張ってくださいってことです。あれだけの数を相手にするのは大変だと思いますが……」

「二人で？　……さっきの倍のウェンディゴを、相手にするんですか？」

思わず絶句する夏樹。蟬塚も「だ、だめです」と震え声で抗弁する。

「いや、そんなの、到底無理です。できません」

「無理は承知です。でも、どうにかして頑張ってほしいんです。十分、いや……五分でいい。とにかく、しばらく時間を稼いでほしいんです。頼む、お願いします」

「なんで、そんな……？」

「考えがあるんです」

「……考え？」

信は「ええ」と頷いた。

「僕には策がある。でも、その策を実行に移すためには一旦、この場から離れる必要があるんです。上手くいけば、すぐに合図します。合図があったらお二人は、僕のいる方向に全力で逃げてください。そうすれば……」

「そうすれば？」

「勝てます」

信は力強く断言した。

その言葉に、夏樹は。わかりました、とは言えなかった。やります、とも言えなかった。

だが、はっきりと理解はしていた。

できるできないはもはや関係がない、とにかく、やるしかないのだと。倍のウェンディゴが、倍の殺気を漂わせながら、もう数十メートルの距離まで接近している今、拒否権などないのだと。だから。

夏樹は首を、縦に振った。

＊

より激しく、よりシビアで、より凄惨な戦闘が再開された。

倍の人数を、三分の二の人数で相手にする。単純計算で都合三倍の負担。体感的にはさらにその何十倍だ。長時間の戦闘、絶え間ない緊張感。肉体的な疲労、精神的な消耗。何よりも、こんな戦いを続けていて本当に生き残ることができるのだろうか、もう、いいのじゃないかという諦めが、心の中を埋め尽くしていく。

だが、それでも夏樹は、決してウェンディゴを斃す手を止めなかった。約束したからだ。五分でいい、頑張って耐えてほしいという、信の言葉に――だから。

「わあっ！」

悲鳴とも雄叫びともつかない大声を腹の底から捻り出すと、夏樹はまた、武器をウェンディゴの脳天に振り下ろす。

阿鼻叫喚。いや、それさえ生ぬるく思える光景が、広がっている。

眼前に見えるのは、もはや何がなんだか弁別不可能な赤一色のみ。

視覚だけではない。感覚のすべてが、禍々しさに満ち溢れていた。

ウェンディゴの体内から溢れ出る血液、リンパ液、髄液、胆汁、腸管や膀胱の中に蓄えられていた汚物、それらが混じり合った強烈な臭気が、びりびりと鼻腔を刺激する。

骨が砕け、腱が引き裂かれ、肉が潰れる感触も、武器を持つ手から伝わってくる。時折足の下でひしゃげ、弾けているのは、内臓の一部か、それとも眼球か。

それにしても、ここまで傷を負っていないのは、まったくの奇跡。ウェンディゴの体液を被ってもいないから、まだ感染はしていないに違いない。

ウェンディゴの発する熱と水蒸気が、周囲に陽炎のような揺らめきを生み出す。ぐにゃぐにゃと、人を小馬鹿にするように踊る満月。それがはたして、屈折なのか、幻覚なのか。区別さえできず、ただ無性に腹立たしさを覚えた、その瞬間。

ひゅっ。

怒りが生んだ隙を突くように、首筋を風が抜けた。

「……っ！」

止まった時間の中で、夏樹の髪だけが数本、ぱらぱらと宙を舞う。

同時に耳元で響く、かち、こちという聞き慣れない機械の音。

ぞっと背筋を走る悪寒。

数瞬の後。我に返った夏樹は、眼前のウェンディゴを見る。

ロマンスグレーで長身の、ブランドもののスーツを着たウェンディゴ。元はダンディなナイスミドルだったに違いないそいつの、右手の爪の先が、頬のすぐ横を掠めていた。

聞き慣れない音は、ウェンディゴが嵌めた高級なロレックスが刻む時だった。

「……このッ！」

無性にこみ上げる怒りとともに、武器をその頭に叩き込む。

ぐちゃっと音を立てて、ロマンスグレーが赤いクレーターの下に埋没する。

瞬間、ウェンディゴの半目が開かれ、白目が一瞬だけ、黒目に戻る。だが右目と左目は、それぞれカメレオンのように、ばらばらに動き回ると、最後にまたぐるんと白目になり、ようやくウェンディゴは機能停止したのか、がくんと崩れ落ちた。

あ、危なかった。

——と、息つく暇もなく、崩れ落ちたウェンディゴの後ろからまた、新たなウェンディゴが飛び掛かる。

苛々しながら、夏樹は心の中で叫んだ。

——ああもう、きりがない！

「……い、泉先生、生きてますかっ！」

背後から誰かが夏樹を呼ぶ。

信？ いや、この声、口調は——蟬塚だ。だが振り返る余裕もない夏樹は、目の前にいる二体のウェンディゴを、ぐちゃ、ぐちゃと立て続けに屠りつつ、声だけを返す。

「もちろん、生きてますよ！ 蟬塚さんは？」

「私も、なんとか！」

だがその蟬塚の息は、完全に上がっている。

いや、そう思う自分こそ、もうへばって虫の息だ。お互い、もう限界を超えて戦っているのだ。奇跡的なほどに——。

「く、黒崎さん、まだですかね！」

「わかりません！」

「その、まさかですけど……ひとりで逃げたってことはないですよね？」

「……えっ！」

夏樹は驚く。信が逃げた？　ひとりで？

確かに、その可能性は否定できない——この大量のウェンディゴから逃れる最善の手段は、スケープゴートを用意して、そちらに気を向かせている間に逃げることだからだ。

だが夏樹は、そんな思考を振り払うように頭を左右に振ると、すぐ右にいたウェンディゴに武器を振り下ろし、白子のような脳味噌をぶちまけさせつつ、叫んだ。

「大丈夫、蟬塚さん、それはありません！」

「ほ、本当ですか！」

「本当です！」

もちろん、根拠はない。

「じゃあ、黒崎さん、来てくれるんですね！」

「ええ、来ます、来ます！　絶対来ますってばっ！」

闇雲に断言した、そのとき。

「夏樹さん！　蟬塚さん！」

――凛とした声が響いた。

ウェンディゴたちが一斉に、ぴくりと反応し、身体を止める。

夏樹もまた、その声に振り向く。

そこにいたのは――信。五十メートルほど先の壁際で、信が大声で叫んでいた。

「すまん、待たせた！　こっちだ、早くこっちへ！」

その呼び声に、夏樹は迷うことなく壁際を駆け出した。

一瞬、逡巡するような表情を見せていた蟬塚も、すぐ「ま、待って」と夏樹の後を追う。

壁際にはウェンディゴの死体が山と築かれていた。そのどれもが、壁を背に夏樹たちが戦った「兵どもが夢の跡」だ。だが、そのお陰で、壁とウェンディゴの死体との間には、通路のような僅かな隙間ができている。

そこを夏樹と蝉塚は、駆け抜けた。

一方のウェンディゴたちは、目の前の獲物（えもの）である夏樹と蝉塚以外に突然、もうひとつの獲物――信が現れたことに、しばし戸惑うようにその場で揺れていたが、やがて夏樹たちが逃げ出したと認識したのだろう、猛然と追い掛けてきた。

「こっちだ！　はやく！」

手でこっちに来いというジェスチャーを見せる信。

その信の姿が、ふっ――と消える。一瞬どきりとするが、それは信が壁の向こう側、つまり建物の角から裏側へ回ったのだと理解する。

「そこで曲がります、蝉塚さん！」

叫びつつ振り向くと、蝉塚が「わかりました！」と必死の形相で応じた。

ウェンディゴたちは、すぐそこまで迫っていた。仲間たちの死体を、あるいは転倒した仲間の身体を、踏みつけ、潰し、滑り、それでも我先にと争う無表情のウェンディゴたち。

なんとおぞましく、あさましい姿だろう。

眉を顰めつつ夏樹は、再び前を向く。建物の角を曲がり、なおも疾走する――。

――びちゃっ。

不意に、足元の感触が変わる。

「わっ」

思わず飛び退く夏樹。芝生に覆われていた地面が、その場所からぬかるんでいた。しかも、一面に立ち込める、この臭い。

先刻までの混沌とした、生物由来の臭いじゃない。もっと高純度の、化学的な何かだ。

「走り抜けろ！」

気にするな、と三十メートル先で、信が叫ぶ。

その言葉に後押しされるように、夏樹は再び足を前に出す。地面にあるものが何なのかは判然としない。だがこれが、信がウェンディゴたちを一網打尽にするために仕掛けた罠であることは間違いない。

だから、訳がわからないまま、それでも夏樹と蝉塚はその泥地を走り抜けた。

そして足元は再び芝生に変わり、信の元へ辿り着く。

よくやった！　そう言わんばかりの笑みを湛えた信は、何かを手に持っていた。

それは、缶。

信が先刻飲み干した缶コーヒーの空き缶だ。

しかし、その先端には炎が揺らいでいる。

夏樹はすぐに理解した。枯れ草を詰めた缶に、ライターで火を点けたもの。

つまり、即席の火炎瓶だと。

振りかぶると、信は再び、大声で叫んだ。

「伏せて！」

思うよりも早く身体を芝生に伏せる、夏樹たち。

力一杯、それを投げる信。ふわりと宙を舞う光点。その行く先を目で追う夏樹は、立ち込めていた化学的な臭いの正体に、ようやく気付いた。

灯油だ。

放物線を描く火炎瓶。それが押し寄せるウェンディゴたちの中央に落ちた――その瞬間。

閃光。

圧力。

そして、熱風。

「わあっ！」

絶叫。だがその大声はすぐ、轟音（ごうおん）に掻（か）き消される。

何が起こったかは、考えるまでもなかった。撒かれた灯油。揮発する可燃性気体。爆発下限界を超えたところに、きっかけとなる火炎瓶。当然生ずる、連鎖的な燃焼。すなわち、爆発だ。

身体中を熱の舌が舐め回す。頬に砂礫がばらばらとぶち当たる。その場所から引きはがそうと暴力的な風が吹き付ける。必死で身体を縮めつつも、夏樹は薄目を開けて前を見る。

燃え上がる炎と、強烈な光。夏樹は思う——ああ、まさにこれは、火焔地獄。

そんな地獄で、今まさに、亡者にも似たウェンディゴたちが踊っていた。

両手を上げ、天を喘ぐ何十人ものウェンディゴ。業火に炙られ身体を苦しげに捩じりつつ、その場で炭となり、灰となり果て、次々と崩れ落ちていく。

狂乱のさまを、しばし呆然と眺める夏樹。

やがて——。

「……やった」

夏樹の背後で、低い声が呟く。

振り向けば、夏樹と同じように佇む、信。

燃え盛る炎に照らされ、揺らめく光の中にいる信——夏樹と同様、ウェンディゴの体液に塗れた白衣を着て、土と埃と煤だらけの顔の男。夏樹は——。

「やりましたね、信さん」

信の手を取った。

だが信は、なおも呆然と、炎の中心と、もはや元が何だったのか判別もつかなくなったウェンディゴたちに、深い眼差しを注ぎながら、言った。

「……今さらだけど、無事か？」

「ええ」

「感染は？」

「してない、と思う」

怪我もない。ウェンディゴの体液への接触も避けた。だからたぶん、大丈夫。

「蟬塚さんも？」

「うん」

「そうか……なら、よかった。もう、追い掛けてくるウェンディゴの気配もないし、これはたぶん、助かったって言って、いいんだろうね。よかった……本当によかった」

深い溜息。それから、極限まで張っていた肩肘の力を抜きつつ、信はようやく

――安堵の言葉を吐いた。

「正直、まだ信じられない。まさか、こんなに上手くいくとは」

「この作戦、信さんが考えたんですか」

「ああ。蝉塚さんのライターを見て、ぱっと思い付いたんだ。連中を一網打尽にするには、一気に燃やしちまうのが一番手っ取り早いなって」

「灯油は、どこから持ってきたんですか」

「あそこだよ」

信が、天まで届こうかという炎の横を指差した。

そこは、建物の壁面。その壁にぴたりと寄り添うように、大きなタンクの影が見えた。

「奥神谷村は、冬場に雪が降る。寒い土地なんだ。だから灯油を溜めておく大きなタンクが、建物の傍には必ずある」

「そこから撒いたんですね」

「ああ。でも今は冬じゃないから、タンクの中に灯油があるかどうかはわからなかった」

「つまり、賭けだった」

「正直、ギャンブルだったんだ。でも僕は、このギャンブルに、勝った」

そう言うと同時に、信がいきなり、夏樹の手を強く握り返した。

どきり、と夏樹の鼓動が——ウェンディゴたちとの戦いでとうに高まっていたはずの心拍数が、さらに一段、早まる。

信の掌から伝わる熱。その熱さに励まされながらも夏樹は、一方で混乱し、怯えていた。

彼女の心の中で、ぞわぞわと記憶が疼いていたからだ。

心の中に押し込められていた、記憶。

あの死に顔。激しい混乱。絶望。自暴自棄。そして——。

不老不死。

度のきつい眼鏡で見ているような不明瞭さで、断片的に蠢く、風景や感情の断片たち。そして、「言葉」——夏樹は無意識のうちに、信の身体に寄り添った。それは、信を頼りにするというよりは、夏樹自身が努めて平静を装おうとする仕草か、あるいは、目の前にある真実から目を背けようとする現実逃避の仕草か——。

それほどに夏樹は、動揺していたのかもしれない。自分でもわかっていた。私はほとほと怯えているのだと。だが。

動揺を見せてはならない。だめだ。今は、まだ。

強迫観念とともに、ひとり夏樹は目を閉じた。

*

夏樹たち三人は、大通りを足早に歩いていた。

ウェンディゴが襲ってくる気配は、もはやない。おそらく、この周辺にいたウェンディゴたちは、さっきの戦いで全滅したのだ。他の区域にはいるのかもしれないが、ここまで来るには時間もかかる。

とすれば、あとは悠々逃げるだけ。ようやく、助かるのだ。

だからか、三人の足取りは軽やかだった。あれほど疲労していたはずの蟬塚でさえ、今は信と夏樹を自ら率いるように、胸を張って先頭を歩いていた。

ゲートまで、あとほんの五十メートル。

もう二十秒も進めば、研究所を去ることができる。

あと少しで、この忌まわしいウェンディゴたちの巣を、脱出できるのだ。

「うん？」

信がふと、足を止めた。

「……どうしたの？」

問う夏樹に、信が目を細めて正門を指差す。

「なんだ、あれ。ゲートの向こうに何かいる」

信の訝しげな言葉に、夏樹もまた、彼の視線の先に目を凝らす。

正門を閉ざすフェンス。その向こうに広がる暗闇。

太陽が出ていれば、雄大な山々と奥神谷から出るための道が見えるのだろう。だが今は、仄(ほの)かな月光だけが、暗闇に拡散している。

その一面真っ黒の中に、『何か』がいた。

それは、微動だにすることのない『何か』。

ウェンディゴ——ではない。もっと巨大な塊だ。稜線は直線的で無機質。にもかかわらずずんぐりとした軀体。ゲートの向こうだけでなく、その両側に続く塀の向こうにまで、何体も、何十体も、木の洞のような単眼をこちらに向け連なっている。

あれは、もしや。

夏樹が気付くと同時に、信も呟いた。

「……戦車だ」

そう、確かに戦車だった。月光の下、迷彩模様に塗装された何十台もの巨大な戦車が、ゲートの向こうを隙間なく塞いでいるのだ。砲台をこちらに向け、夏樹たちがいるまさにその地点に、照準を合わせて。

「な、なんで自衛隊がこんなところにいるんだ？」

かすれ声で呟く信。

その瞬間、キーンという甲高い音が周囲に轟き、思わず夏樹は両手で両耳を塞いだ。

ハウリング音だ。耳障りな高音は、僅かに音程を上下させつつなおも周囲に不愉快さを撒き散らす。だが、ほどなくして夏樹は気付く。その高音の陰に隠れるように、何やら人の声らしきものが含まれていることに。

『……の保……り返す。その場……上近付……ない。こ……撃する用……近づ……証はしない。繰……』

日本語だ。

声の主は男だ。鼻が詰まったような声色。男が、スピーカーで私たちに話し掛けていた。

というより、強く告げていた。

完全には聞き取れない。だが確かに、夏樹たちに何かを警告している。

一体、何を警告しているのか。立ち止まったままの、信と夏樹をよそに、先頭を行く蝉塚が、そのまま戦車のいるゲートフェンスへと走り出す。

「おうい、おうい！」

嬉しそうに、手も振っている。

自衛隊が自分を助けに来てくれたと思っているのだろう。だが。

夏樹はもう、ありありと感じていた。明らかに、何かがおかしいと。

「ま、待て、蝉塚さん！　行っちゃだめだ！」

信が大声で怒鳴る。

夏樹もまた「戻ってきて！」と叫んだ。二人の必死の呼び掛けに、蝉塚は――。

「……どうしたんですか二人とも、早くこちらへ」

不思議そうな表情で振り返り、次いで満面の笑みを見せた、その瞬間。

パン。

乾いた音。

梱包材の気泡が割れたような、ごくつまらない破裂音。

だがその音から〇・一秒後。蝉塚の額には赤い印が浮かんでいた。

「……えっ？」

困ったような、蜱塚の声。

自分に起こっていることがわからないまま見開かれる、二つの目。

だがすぐ、黒目だけがぐるんと上に裏返り、白目を剥く。

まるで糸の切れた操り人形のように、その場に崩れ落ちる。

そして蜱塚を中心にじわじわと広がる、赤い血溜まり――。

夏樹と信は、ただただ、その光景に息を飲むしかなかった。

つい今しがたまで共にウェンディゴたちと戦い、九死に一生を得た仲間。そのあまりにも突然であっけない死――せめて、彼が最後まで自分に何があったのかよくわからないまま絶命したということだけが、救いだろうか。

いつしか不快なハウリングは消え、夏樹たちに、警告の全貌が明らかとなる。

『命の保証はしない。繰り返す。その場所に留まり、それ以上近付いてはならない。こちらには射撃する用意がある。近づけば命の保証はしない。繰り返す……』

＊

いつまでも続く警告。

動けずにいる時間が、十分以上に及ぶ。

夏樹は焦る。早く敷地の外に出なければ、またウェンディゴたちに襲われる可能性があるからだ。夏樹たちはウェンディゴたちを殲滅したが、この研究所内には、まだまだたくさんのウェンディゴがいる。

そいつらが、ここにやってくれば、今度こそ夏樹たちはウェンディゴの餌食だ。

だから一刻も早く逃げなければならないのだ。

しかし、できない。

なぜか。射殺されるからだ。蟬塚のように。

こうして、進むことも退くこともできず、信と夏樹はただ、お互いに身を寄せているしかない――。

――もう、お終(しま)いなのか？

夏樹が、心の中で諦めの言葉を唱えた、そのとき。

腹の底から鳴り響く声で、信が叫んだ。

「なぜだ！　なぜ僕たちを外に出さない！」

『……その場所に留まり、それ以上近付いてはならない……』

「いいからここから出せ！　僕たちは何もしちゃいない！　ただの被害者だ！」

力の限りに声を出す信。その声はすでに、がらがらに嗄れている。

『……こちらには射撃する用意がある。近づけば命の保証はしない……』

「クソッ！　ふざけるなよ！　理由も言わずにここに僕らを閉じ込めるつもりか？」

『……繰り返す。その場所に留まり、それ以上近付いてはならない……』

「馬鹿の一つ覚えみたいに繰り返してないで、何とか言えよ！」

『…………』

信の罵声に、一瞬、スピーカーの声が止む。

束の間の静寂――だが数秒も経たないうちに、スピーカーから、今までとは違う、低くよく通る男の声がした。

『……あなたがたは、誰だ』

「お、おおっ」

一瞬、狼狽えつつも、信はすぐに戦車隊を睨み付ける。

「メディカル2班の研究員、黒崎信だ！　お前こそ誰だ！」

『陸上自衛隊三等陸佐の松尾巌だ。この部隊の指揮を執っている』

「松尾というのか！　なら聞け松尾！」

信が声を裏返して叫ぶ。

「僕らを今すぐここから出せ！　そこから見ていてよーくわかっただろうが、僕らはただの被害者だ！　こんな所に閉じ込められる理由はない！」

というか、お前らのやってることは人権侵害だぞ！　税金でメシ食ってる自衛隊がそんなことしていいのか！　――と、信は挑発的に言った。

だが松尾三佐は、冷静な口調で返答する。

『現在この地域は、レベル4事態に基づく封鎖指示とともに、何人も敷地外に出してはならないと命令されている。当該命令は、「戦時中」に準ずる迅速かつ高度の実力行使の必要性により、平時とは異なる指揮系統のもと、内閣総理大臣から直接陸上自衛隊に発出されたものだ。以上により、人権上の解釈も含め、運用には遺漏なきものと理解する』

「ぐっ」

理路整然かつ淡々とした回答。思わず言葉に閊える信。

代わりに、夏樹が叫ぶ。

「だからって、あんまりです。私たちを閉じ込めるなんて！」

言葉に、あらん限りの非難を混ぜて、夏樹は抗弁する。

『それが命令だ』

「命令だからって酷い！　蟬塚さんを殺すことだって、なかったでしょう？」

『警告した』

「ハウリングがうるさすぎて聞こえなかったんです！　あれじゃ警告したことになりません！　このことはいつか、告発します！」

『………………』

松尾三佐が、沈黙する。

抗弁が通じたのか？　――だが松尾三佐は、ややあってから答える。

『……今一度申し上げるが、これは内閣総理大臣直々の命令であり、国家の安全を保つための措置でもある。あなたのお仲間を十分な警告なしに射殺してしまったのは遺憾だが、それにより我々に逸脱があったとは考えていない。繰り返すが、我々に遺漏はない』

「だからって……」

『そもそもこれらのことは以前、あなたには説明しているはずだ。泉博士』

「えっ？」

以前にも？　――夏樹は眉を顰めた。

どういうことだ？　私はこの自衛隊の三佐と、話をしているのか？

継ぐべき言葉に迷う夏樹に、松尾三佐は言った。

『私はすでに、あなたと十分な議論を行っている。その上で取られた措置に、今さら抗議するのは、筋が通らないのではないか』

「…………」

夏樹は、答えられない。

記憶にないからだ。だが、自分の記憶にはなくとも、松尾三佐は夏樹のことを知っている。現に夏樹の名前を知っているのだから。

とすれば、確かに松尾三佐は以前、夏樹と話をしている。記憶にないのではない。思い出していないだけなのだ。

さらに一拍を置き、松尾三佐は続けた。

『そもそも、今起こっていることが何なのか、なぜこうなっているのか、泉博士、あなたは、いや……あなただからこそ、理解できているのではないのかね？　優秀なＤＮＡの研究者であり、古宇田繁樹（こうだしげき）の切り札でもある、あなたが』

「……！」

夏樹の脳髄に、びりびりと電気が走った。

デオキシリボ核酸。糖であるデオキシリボースとリン酸、四種類の塩基から構成される複雑な分子集合体。塩基はアデニン、グアニン、シトシン、チミンの四種類からなり、これらが直線状に連なることで、生物固有の遺伝情報を担う役割を持つ、遺伝子の本体。

すなわち、ＤＮＡ。

加えて、古宇田繁樹という名前——そう、あのイニシャル「Ｓ・Ｋ」と刻まれたネクタイピンの持ち主。

さらに、あの言葉——「不老不死」。

いくつもの記憶が次々と閃き、「不老不死」へと繋がっていった。映像と音声のフラッシュバックが夏樹を襲い、これでもかと責め立てた。それらは、心に怒濤のごとくに溢れると、螺旋を描き、世界のすべてを埋め尽くしていった。

回転する視界。こみ上げる吐き気。立っていられないほどの、激しいよろめき。

だが、ややあってから、すべてが一点に収束し、まるで心が何事もなかったかのような穏やかさを取り戻すと——。

夏樹は、忘れていた——いや、もしかしたら忘れようとしていた——多くのことを、思い出していたのだった。

*

昭和の最後の夏に生まれた夏樹。両親の愛を一身に受け、少女時代を伸び伸びと過ごした彼女が、もっとも敬愛していたのが、父博一郎だった。

物知りで、優しく、いつでも夏樹のことを見守ってくれた、大好きな父。

そんな、尊敬すべき父が癌で亡くなったのは、夏樹が高校生のときのことだ。

病気がわかったときには、すでに末期の膵臓癌だった。父はみるみる痩せ、発覚からものの数か月で、まるで嘘のように亡くなってしまった。まだ四十代だった。

信じられなかった。

だが、現実は容赦がなかった。棺の中で横たわる父。その無表情が示す「死」は、夏樹にとって残酷なものだった。

多くの慰めの言葉が、夏樹に掛けられた。才能ある人を神は愛でるのだ、とか、だから早くに召されてしまうのだ、とか。

——嘘だ。夏樹はむしろ、憤った。

愛でられた？　召された？　そんなのは嘘だ。詭弁だ。父を愛していたのは神だけじゃない。私だって、誰よりも心から父を愛していたのだ。そもそも神が父を召すわけがない。であれば、父が死ななければならなかった理由などないじゃないか。少なくとも、若くして死すべき理由など、どこにもありはしない。

そもそもなぜ人は病気になるのだろう？　なぜ健康ではいられないのだろう？　なぜ老いるのだろう？　そしてなぜ——死んでしまうのだろう？

思春期という多感な時期に父を喪った夏樹は、毎日を鬱々と、命の儚さに対する取りとめのない疑問とともに過ごしたのだった。

こうして、いつしか学校に行き続ける気力さえなくしかけた夏樹は、ひょんなことから、ある学問に出会った。

それが、生物学だった。

高校に入って初めて習う学問。きっかけは、手元の教科書だった。多くの同級生が、半ば義務として読むだろう本。何の気なしに開いたその一冊を改めて読んだとき、夏樹の身体に電気が走った。

生物はどこでどのようにして生きるのか。いかにして生まれ、いかにして殖え、そして死んでいくのか。独立した個体、それらの集団、種としての彼ら——または微生物や単細胞生物、多細胞生物や、その集団が、生物相においていかにして関係し、時に戦い、時に恵み合い、時に食い食われながら、進化と絶滅とを繰り返してきたのか。

魅せられたのだ。その絶妙かつ奇跡的ともいえる均衡に。

だから夏樹は、一生懸命に勉強した。将来、生物学の世界で人類の夢を現実のものとするような研究者を志し、努力を重ねた。

都内の国立大学の生命工学科に進学してからも、毎日のようにさらなる知識の習得と実験に明け暮れ、生物学の最前線に身を置き続けた。大学院に進み、博士号まで取った。教授からは「助教として研究室に残らないか」という誘いも受けたが、夏樹はそれを断った。なぜ断ったのか、その理由を彼女は高らかに述べた。

——私にはやりたいことがあるのです。

それは、間違いなく大学ではさせてもらえないだろう研究だった。倫理上の問題があり、そもそも荒唐無稽だと誰もが思っていることだったからだ。

だから夏樹は、大学には残らず、自由に研究をさせてくれる場所を探した。

しかし政府関係の研究機関の多くは、夏樹のプレゼンに難色を示した。理由は先述のとおりだった。多くの製薬会社や民間の研究所も同じく、彼女は「ご縁がない」という名の門前払いを幾つも食らった。落胆の中、最後に叩いたのが、新進気鋭の製薬会社――「平成製薬」の門だった。

「いいだろう、明日からわが社に来たまえ」

夏樹のプレゼンに、社長である古宇田繁樹は鶴の一声で採用を決めた。しかも、研究テーマに関する一切の制限なし、予算についても、まったく気にしなくてよい、設備も自由に使っていいという、まさに破格の待遇をもって。

「古宇田社長は、どうして、そんなに私を買ってくれるのですか」

当然、夏樹はそう問うた。古宇田は、少し意味深な笑みとともに、ただ一言だけ答えた。

「……私にとって価値があるのは、その研究だけだからだ」

返答の真意は、わからなかった。だが、やりたいことを無制限でやらせてもらえるのだから、文句のつけようもない。

こうして夏樹は、平成製薬研究所のSR班、他からは完全に独立した部門の研究者として、我が道を進むことになったのだ。

その道とは、もちろん、バイオテクノロジーの頂点。

生命の根源にして、設計図とも言える、DNAの研究だ。

特に夏樹が着目したのは、その末端構造。一次元の構造を持つＤＮＡの、端部にある特殊な構造だ。夏樹はその構造と仕組みを毎日のように探求していたのである。

どうしてそんなものを研究したのか？

その動機こそが、「不老不死」だ。

そもそも、この道を志したときから、夏樹は「不老不死」を実現するため、勉学に励み続けたのだ。よい成績を取り、論文を書いたのも、大学に残るという選択を捨て、平成製薬の社長、古宇田と出会い、その後押しを受け、この研究所の主任研究員としての地位を得たのも、ただひとり、莫大（ばくだい）な金と権限の上で黙々と仕事に打ち込んだのも。

すべては、不老不死のため。

そして――。

「……見つけたんだ」

呟くように、夏樹は言った。

血へどを吐くような研究の末、確かに見つけたのだ。私は、何かを。

人類にとって掛け替えのない、素晴らしい、何かを。

そして、夏樹は、もうひとつ、思い出してもいた。

彼女は、常に、ありとあらゆる批判の矢面に立つものだったことを。

秘密裏に進めていてさえ、彼女の研究は、しばしば脅迫にも似た、署名、あるいは匿名での批判を受けたのだ。いわく、これは禁断の研究である。いわく、人道上許されるものではない。いわく、倫理的、宗教的議論が不足している。そんないくつもの批判の延長線上には、平成製薬研究所を破壊するというような物騒なものさえあった。

むろん夏樹は、そんな脅しに屈することはなく、黙々と研究を続けた。

というより、だからこそ研究に熱中した。夏樹の研究に理解を示す古宇田が庇護に努めてくれているということもあったが、何よりも夏樹自身が、強い信念を持っていたのだ。これは倫理的な問題すら超越する、人類の夢なのだと。

こうして彼女は最終的に、見つけたのだ。偉大な、何かを。だが――。

「……っ」

夏樹は声に出さずに呻く。

確かに、私は思い出した。私が何者なのか、何を目的としてここにいるのか、ここがどういう場所なのか、どこにどんな建物があり、何が行われ、保管されているのか。

だが、すべて思い出せたわけではなかった。

私はここでどんな生活を送っていたのか。どんなやり方で研究をしていたのか。何よりも、一体私が何を発見したのか。その結果、何が起こったのか。最も核心となるべきそれらの記憶は、まだ、どうしても夏樹の意識には上ってこようとしなかったのだ。

どうしてこんなにも大事な核心部分が、どうしても思い出せないのか？

血が滲むほど下唇を噛み締めつつ、しかし夏樹は、ひとつだけ、確信していた。

この異常な事態は、私のした研究の結果なのかもしれない。あるいは、研究に対する報復なのかもしれない。凶悪なテロリズムなのかもしれない。

でも、いずれにせよその原因には——私の存在がある、と。

しばしの沈黙。そして。

『……納得したかね？』

松尾三佐の冷静な言葉。

夏樹は、ただ俯いているよりほかに、なす術がなかった。

ふと気付いたように、信が松尾三佐に問う。

「……なあ、松尾さん」

『何かね』

「あんたたちが僕らをここから出せないという理由は、よくわかった。自衛隊だって宮仕えだ。上の人間の言うことには逆らえないだろう。だが……それでも、どうしてもひとつ、聞いてほしいことがあるんだがね」

『内容による。どんなことかね』

「もう、僕のことはいい。せめて、夏樹さんだけでも助けてくれないか」

「えっ？」

夏樹は思わず、信を見る。だが信は、夏樹を見ることなく、真剣な眼差しで松尾三佐に訴えかける。

「僕はこの場に取り残されても構わない。だが、夏樹さんはここから出してほしい」

「な、何を言うんですか、信さん」

信の腕に縋る夏樹。

「私たち、ここまで一緒に頑張ったじゃないですか。あんなに苦労してウェンディゴから逃げて……なのに、なんでそんなことを言うんですか？　私だけ助かりたくなんかありません！　もし助かるのなら、私は信さんと一緒に助かりたい！」

「いや、僕はもう、助からない」

「えっ？」

目を見開く夏樹。

信は夏樹に、諦念を含んだ力のない視線を向けると、呟くように言った。

「ごめんね、夏樹さん。僕はもう、助からないんだ。……ほら」

信が、左手の白衣を捲ると、そっと手首を見せる。

そこには――血の滲む筋状の生々しい傷が三本、刻まれていた。

「……！」

「僕としたことが、しくじった。ウェンディゴたちにやられたんだ。しかも、やつらの血も被った。僕はもう、感染している」

「そんな……嘘」

「嘘じゃない。この傷が証だ。いずれにせよ、ウェンディゴになっちまうのも時間の問題だ。そんな僕が、君に迷惑を掛けるわけにはいかない」

悲しそうな表情で、しかしことさら明るく振る舞おうとする信。

そんな信に、夏樹は掛ける言葉も見つからない。

信は、夏樹を慮るようににこりと微笑むと、再び視線を松尾三佐に向けた。

「なあ、頼むよ、松尾さん。あんたにも人の心はあるだろ、だったら汲み取ってくれよ、僕の気持ちを……なあ、松尾三佐！」

『………』

信の懇願。ややあってから、松尾三佐は答える。

『……君の自己犠牲は殊勝だ、黒崎君。褒められるべきものだ』

「助けてくれるのか？　夏樹さんを」

『それは無理だ』

「なっ」

『君の態度と、私が命令を執行することとは、無関係だ。残念だが、諦めたまえ』

無慈悲な裁断。

ここまではっきり言われては、さすがに返す言葉がない。悲痛な表情で下唇を噛んだまま、信は口を閉じた。

夏樹もまた、何も言い返すこともできずに、天を仰ぎ、そして嘆息した。

「……ああ」

薄気味の悪い満月が、いつの間にか頭上でおぼろに輝いていた。

＊

どれくらいの時間が過ぎただろうか。呆然としている間にも、月は位置を変え、山嶺の稜線に近づいていた。

遠くで燃える炎や、その中で踊り狂うウェンディゴたちの饗宴さえも、今では鈍い赤銅色にくすぶる灰に消えていた。

たぶん、午前三時ごろ。あと数時間ほどで、夜が明ける。

にもかかわらず、信と夏樹は、いまだその場から動くことができずにいる。

と、戦車の砲台が突然、一斉に向きを変えた。

それまで、夏樹たちを睨んでいた戦車たちが、ゆっくりと、しかし統制された動きで、向かって左手に照準を合わせた。

松尾三佐も、もはやスピーカーで何も夏樹たちに伝えようとはしない。だが、その迅速な動きから、彼らの意図は十分に推し量ることができた。

夏樹は、その方向に振り向いた。

「やっぱり……」

夏樹たちが来た道、そして今では戦車たちが今か今かと照準を合わせて待ち構える方向に、横一列。居並ぶ人影が見えたのだ。

そいつらは、何か。

言うまでもない。ウェンディゴだ。

焼き払ったウェンディゴたちよりも、ずっと多くの数。正門付近で起こった爆発に引き寄せられるように、この場所目がけて我先に駆けているのだ。

「結局……灯油作戦はまずかったのかな」

呟く信。夏樹は「そんなことありません」と即答する。

「信さんが頑張ってくれたお陰で、私たち、ここまで生き延びることができたんです」

「しかし、現状は逆効果だ」

「かもしれません。でも、信さんは間違ってない」

「……ありがとう」

申し訳なさそうな、それでいて照れたような、複雑な微笑み。

夏樹の胸の内にも、苦しいような、切ないような、複雑な感情が湧き上がる。

信は、言った。

「君がそうやって庇ってくれて、本当に救われる思いだよ、夏樹さん……いや、泉夏樹博士。君は、僕ら平の研究員にとって雲の上の、そう、憧れの人だったんだ。そんな人に、そこまで言ってもらえるのだから、こんなに嬉しいこともない」

「憧れだなんて、そんな……記憶もなくして、ただの足手まといです。たとえ記憶があったところで、私にはそんなに研究者として才能もないし、優秀でもありません」

「ご謙遜だね。でも僕は別に、君に才能があるから、嬉しいと言っているんじゃないよ」

「え？　どういうことですか」

問う夏樹に、信はなぜか一度、もごもごと口ごもったが、数秒後には「……と、とにかく」と、また真剣な顔付きに戻った。

「夏樹さん。君は今すぐ僕をここに置いて逃げるんだ」

「どうして？　一緒に逃げないんですか」

「ああ。さっきも言ったように、僕はもう感染者だ。僕と一緒にいる限り、君の安全は保証できない」

「大丈夫です。私なら平気です」

「いや……君はひとりで逃げるべきだ。あまりにも危険すぎる」

そうしてくれ、頼む、と懇願する信。だが。

「……それは、違います」

夏樹は、信の言葉を打ち消した。

「それでも信さんは、私と一緒にいるべきです」

「どうして？　君が危険な目に遭う」

「かもしれません。でも少なくとも今はまだ危険じゃないでしょう？」

「いや、しかし……」

反論しようとする信の口を、素早く夏樹は手で塞ぐ。

「だめ、言わせません。いいですか、信さん……信さんはまだウェンディゴ症を発症していません。確かにこの病気は破滅的なものかもしれませんが、少なくとも信さんがウェンディゴになっていない今から、もうだめだって諦めたくないんです」

「…………」

「望みは限りなく薄いかもしれません。でも私は、信さんがウェンディゴになって、回復の見込みがないとわかるまでは、諦めずに一緒に逃げるつもりです。だから」

息を継ぐと、夏樹は、呟くように言った。

「……一緒に、逃げて。信さん」

「夏樹さん」

そのとき。

『テェッ！』

誰かが叫ぶ声。

同時に轟く、爆音、閃光。

幾つもの砲口から、黒い煙とともに紅蓮の炎が舌を出した、直後。

ドォン。

地面が揺れるような衝撃。思わず伏せる信と夏樹、そして彼らの頭上を荒れ狂う爆風。

砲弾が描く放物線。その軌跡が交わる一点で、ウェンディゴたちが無残に吹き飛んだ。

飛んでくる破片か肉片かを、手をかざして避けながら、夏樹は、信の手を引っ張ると、耳をつんざく爆発音にも負けない大声で言った。

「さあ、逃げましょう！　信さん！」

夏樹たちの新たな逃避行が、始まった。

Phase Ⅲ

絶え間ない砲撃音。

その爆心地で宙を舞う、ウェンディゴたちの影。

腕がちぎれ、足が潰れ、首がもげ、内臓や脳味噌が四方八方に爆ぜる。

いかに百人単位のウェンディゴでも、戦車の威力には敵うはずもない。明らかに無謀なその戦いに、しかしウェンディゴたちは、飽きることなく挑んでいく。

そこには、知性も、人間性も、ほんの僅かも見当たらない。

機械的な刺激反射と、食人本能でのみ動く、グロテスクな装置にしかすぎない。

だから夏樹は吐き気を覚えた。あんなウェンディゴたちであっても、元はそれぞれが人間だったのだ。この研究所でさまざまな職種に従事し、異なる生活を営んでいた、尊重されるべき個人だったのだ。

彼らを一変させてしまったものは、何なのだろう。

やはり、インディアンに伝わるという風土病——ウェンディゴ症なのだろうか。

いや、似ているだけで風土病ではない。だとすれば、研究所を支配するウェンディゴ症の正体とは何か。人から個性を奪い、一様に獰猛なウェンディゴと変貌させてしまうもの、その人間の尊厳を踏みにじる原因とは一体、何なのか。

肝心なことが思い出せないのが、心からもどかしい。

だが、いずれにせよ今対峙すべきは、眼前にある問題そのものだ。

自衛隊は、政府の非常事態宣告の下、研究所のすべてを、中にいた夏樹たちも含めて犠牲にしてでもなお、これを封じ込めようとしていること。

ウェンディゴ症に、信もまた罹(かか)ってしまった可能性があること。

これらの問題を、夏樹はどうやって乗り越えればいいのか。

もっとも、夏樹はまだ、諦めてはいない。

信の手を取り、爆発と、弾け飛ぶウェンディゴたちとを背後にその場を離れながら、夏樹は、強く決意していたのだ。

ウェンディゴ症が何なのか。それはわからない。

ウェンディゴ症に罹った信を救う方法はあるのか、それもわからない。

それでも、信を助ける。

私は信を、ウェンディゴには絶対にしない。

そして、二人でここから逃げる。

そのために私は、自分ができる限りのことをするのだ——と。

＊

大通りから脇に入った場所にある、横に長い構造の二階建ての建物。

ウェンディゴのいなさそうな方へと、勘だけを頼りに、信の手を引き一心不乱に走ってきた夏樹は、その建物の入口で立ち止まると、初めて思い出したように周囲を見回した。

ウェンディゴは——いない。追ってきてもいないようだ。

遠くではまだ砲撃音が鳴り響いている。自衛隊がウェンディゴたちを殲滅している音だ。おそらくウェンディゴたちは、そちらの刺激に反応しているのだろう。

ほっと息を吐く。だが、まだ気は許せない。

夏樹はゆっくり、足音を立てないようにそっと建物に近付いていく。

建物の入口は、全面ガラス張りの開放的な造りだった。ガラス扉の向こうには、料理サンプルを陳列する棚と、券売機が置いてある。ここは、確か。

「厚生棟だよ」

夏樹の心の呟きを、信が先取りした。

「職員のためのレクリエーション施設だ。一階が食堂になっていて、二階にはジムや休憩室、仮眠室がある。僕みたいな独身者は、よくお世話になってる」

夏樹も独身だ。記憶は定かではないものの、結婚はしていないはず。

「変な気配は、ないようだね」

信が、じっと中を覗き込んで言った。

「もしかするとここは今、一番安全な場所かもしれないな。今日は……いや、もう昨日か。昨日は日曜で厚生棟は休館日だった。つまり建物も締めっぱなしで、中には誰もいない」

「人間がいないなら、ウェンディゴ感染者もいない」

「そういうこと」

信は、小さく頷いた。

「どうやれば、中に入れますか?」

「電子錠でロックが掛かってる。ここから入るのは難しいね」

「壊すことは？」

「できると思う。でも、ガラスの割れる音がウェンディゴを呼ぶから、得策とは言えないな……一旦、裏に回ろう」

夏樹が握る信の手が、逆に夏樹の手をぎゅっと握り返した。

力強い信の握力。その表情や目には、彼自身の個性がきちんと現れている。

大丈夫、発症はしていない。安堵しつつ、夏樹は信とともに建物の裏側へと回った。

壁ばかりの建物裏。窓はなく、中央に扉がひとつだけある。

鉄製の開き扉だ。

裏口、資材の搬入口だろうか。一体、この中はどうなっているのだろう。厚生棟のことは思い出せても、内部構造まで思い出せないのは、きっと夏樹がここまで入ったことがないからだ。

扉にはノブはなく、その横に小さな黒いセンサーが取り付けられていた。指紋認証だ。

「開いてくれるといいんだが……」

呟きつつ、そのセンサーの上に指を置く信。だが、すぐさまビーという耳障りなエラー音とともに、赤いLEDが点滅する。

「……ちっ、拒否された」

「私もやってみます」

夏樹も横から、センサーの上に指を置く。

と、先刻とは違うピッという小気味よい音とともに、青いLEDが点灯し、鉄扉がすうっと両側に開いた。

「すごいな、どこでもフリーパスとは聞いていたけど、厚生棟にも入れるのか」

目を見開きつつ、感心したように信は言った。

本当に、フリーパスなんだ——自分に与えられた大きな権限の表れに、改めて戸惑いを覚えつつも、夏樹は、厚生棟の中へ足を踏み入れていった。

＊

背後で鉄扉が閉まると、辺りは完全な暗闇に包まれた。

月明かりもない、真の闇だ。しんと静まり返り、自分が息を吐く音と、心臓がどきどきと鼓動する音が、耳の奥までうるさいくらいに届いてくる。

ぎゅっ、と信の手を無意識に握りつつ、夏樹は問う。

「……どこに行きますか」

数秒思案してから、信が答える。

「確か……地下に食料庫があったはず。あそこなら食べ物もあるし、安全だ」

「でも、この暗さじゃ動けません。明かりは点けられないんですか」

「点けられる。扉が自動で開いたから、電気はまだ生きてる……でも、やめたほうがいい」

「どうしてですか」

「外にいるウェンディゴたちを刺激する」

信の言うとおりだ。ウェンディゴたちはどちらかというと光には鈍感だが、完全に盲目というわけでもない。余計な刺激はしないに限る。

「できるだけ暗闇の中で移動したほうがいいってことですね」

「そういうこと。でもそれだと僕らも動けない。そこで……」

信はごそごそとポケットから何かを取り出し、カチリとそれを点けた。

ぼっ、と低い音がして、水滴型の炎が空中に現れる。

それは、蟬塚のライターだった。

橙色の炎で顔を照らしながら、信は言った。

「暗いけれど、このくらいが丁度いい」

足元がやっと見えるほどの頼りない光。だが、歩けなくはない。

「ガスが残り少ないから、大切に使わないとだけどね。行こう、あっちだ。確か向こうが食堂で、そこを過ぎれば地下への階段があったはず」

信の腕をしっかり抱き締めつつ、夏樹は促されるまま静かに歩を進めていく。

長い廊下。壁面にはコルクの掲示板がある。

夏の定番メニュー、冷やし中華はじめました。五百円にてご提供中。

バドミントン同好会は現在部員を募集しています。連絡は人事部鷹中（たかなか）まで。

呑気な張り紙が、そこかしこに掲示されている。

不意に、視界が大きく開ける。

高い天井。奥行きも幅も二十メートル以上はあり、そこに小洒落たデザインのテーブルが並んでいる。片側の壁はすべてガラス窓で、そこから山の尾根に沈みゆく満月が見えた。

ここが、食堂か。

信によれば、ここを通り抜ければ、地下への階段があるはず。

頷きつつ、信とともに歩を進めようとした瞬間。

いきなり、信がライターを消した。

同時に、夏樹が触れている信の身体が硬直する。

「どうしたの？」

「しッ！」

信が素早く夏樹の口を手で塞ぐ。

何があったの、という言葉が喉の奥に留まった。改めて訊くまでもなく、夏樹は、そのときすでに状況を把握していたからだ。

食堂の奥に、影が見えた。

夏樹のものでも、信のものでもない、第三者のもの。

テーブルとテーブルの間を、のたりのたりと行き来する。距離は離れているが、月明かりのお陰で、遠目にもそれが、割烹着（かっぽうぎ）を着た小柄な女性であるとすぐにわかった。

もしかして、自分たちと同じ生き残り？

しかし、ふと一瞬だけ、女性の顔面に月光が当たる。

——うっ。

夏樹は思わず、息を呑んだ。

その顔に浮かぶのは――半目、そして無表情。

人間ではない。ウェンディゴだった。

悲鳴を堪えつつ、じっとウェンディゴの挙動を見つめる夏樹と、信。

ウェンディゴがまた踵を返し、同じ場所を往復する。

信の掌が、なおも夏樹の口を塞ぐ。じっとりと汗ばみつつ、氷のように冷たい彼の手が、不意に夏樹の口から離れると、一方向を指差した。

あっちへ、というジェスチャー。

武器もない今、戦いは避けたい。他にウェンディゴがいる可能性もある。信の指示にしたがい、そろりそろりと、音を立てないよう細心の注意を払いつつ、その場を動く。だが。

カタン。

暗闇で、爪先がテーブルの脚に当たった。

しまった、と思う間もなく、ウェンディゴが素早くこちらを向く。

「……っ!」

思わず、信にしがみつく。ごめんなさいと謝りたいが声は出せない。

眼前のウェンディゴは、無表情のまま、首を傾げるような仕草と、周囲を手で探るような仕草を見せながら、少しずつ、しかし真っ直ぐこちらに近付いてくる。ウェンディゴは明らかに訝っていた。そこに何があるのか。もしかすると食べ物か、と。

いずれにせよ、このままでは見つかるのも時間の問題だ。とすれば、選択肢は二つ。

逃げるか、戦うか。

逃げるか？　いや、逃げるには障害物が多すぎる。ましてやこの暗さだ。椅子やテーブルに躓（つまず）いて転び、ウェンディゴの餌食となるのが目に見える。

では、戦うか？　それもまずい。武器もないのに、まともに戦える気がしない。

つまり、逃げられない、さりとて、戦えない。

じゃあ、どうしろと？　夏樹が奥歯を噛み締めた、まさにそのとき。

——カランカラン。

不意に、食堂の遠くの隅でこだまする音。

何か軽いものが、落ちて転がった。

静けさに響く音に、ウェンディゴは素早く反応し、身体を向ける。

そして、首を傾げた訝しげな格好のまま、ずるずるとその方向へと移動していった。

今のは、一体？　唖然とする夏樹の耳元で、信が囁く。

「急ごう、今のうちだ」

何だ？　どういうことだ？　戸惑う夏樹に、信はにこりと微笑んだ。

「ライターを投げたんだ。さあ、急ごう」

ようやく夏樹は理解した。信はライターを遠くに投げ、その音でウェンディゴの気を引いたのだ。

「今度は、足下に気を付けて」

信がそっと夏樹の手を引いた。

＊

ウェンディゴに気付かれないよう、今度こそ静かに食堂を過ぎると、再び狭い廊下をしばらく進んだ場所に、エレベータと非常階段が見えた。

信が嬉しそうに、「ビンゴ」と呟いた。

「エレベータで、と言いたいところだけれど、こいつは結構音がするから、ウェンディゴに気付かれる。階段で下りよう。足元には十分に気を付けて」

「ウェンディゴは、この下にもいるでしょうか」

「いないと信じよう」

信は、片方の手で手すりを、もう片方の手で夏樹の手を取り、階段を下りた。

墨を流したような真っ暗闇——ただ爪先が感じる踏面の感触と、しっかりと支えてくれる信の手の温もりだけを頼りに、夏樹はなんとか地下一階のフロアへと降り立った。

まるで、奈落の底だった。しかし行く手にはなおも廊下が続いている。手を壁に当て、ゆっくりと、信と夏樹は進んでいく。

やがて、廊下が突き当たる。

「扉がある……たぶん、ここが食料庫だな」

手探りでノブを探すと、「これか」と呟き、信は静かに扉を引き開けた。

「わあ……！」

不意に眩しい光が飛び込み、思わず夏樹は目を細めた。

扉の向こうには、光に満ちた部屋があった。天井は低いが、小劇場ほどの広さがあり、二十メートルほど向かいの壁面に、掛け時計が見えた。右側の壁にはいくつもの段ボール箱が山と保管され、一方左側の壁には、水槽のようなアクリルでできた透明の箱が、天井までびっしりと積まれていた。

不思議なことに、水槽はそれぞれ、自ら強い光を放っていた。

部屋が眩しい理由は、この水槽にあったのだ。

しかし、一体何なのだろう。不思議に思いつつも、とりあえず夏樹は、信とともに急いで部屋に入ると、後ろ手に扉を閉めた。

すぐに信が、鋭い目で周囲を確認する——ウェンディゴはいるか？

だが、見る限り、何かが動く気配はない。

「……いない、みたいだ」

そう言うと信は、ようやく、それまで我慢を重ねてきたものを一気に吐き出すように、はあーっと長い溜息を吐くと、そのままその場にへたり込んだ。

なんとか、ウェンディゴから逃れることができたらしい。

夏樹もまた尻を付き、壁に凭れると、信と同じような息を吐いた。

よかった——。

ほっと安堵する。それは、瓦礫の中で目を覚まして以降、ほとんど緊張を緩めることができなかった夏樹が、ようやく得た落ち着きだった。もちろんここと て確実に安全とは限らないが、外に比べればはるかにましだ。

そのまま何分、いや、何十分、そうしていただろう。

どこかで、小さな音が鳴った。

——ぐう。

その音に、ぴくりと二人は反応し、反射的に身構える。

だが夏樹も信も、すぐにその音の正体に気付いた。

それは、夏樹の腹が鳴る音だった。

呼応するように、今度は「ぐうううう」と長く、信の腹も鳴く。

お互いの顔を見合わせる信と夏樹。どちらともなくぷっと吹き出すと、そのまま二人は腹を抱えて笑い出した。

可笑(おか)しくて仕方がなかったのだ。こんな状況、こんな場所でも、腹は減るという事実が。

やがて一頻(ひとしき)り笑いを吐き出してしまうと、信は、涙を煤で汚れた指で拭いながら言った。

「……食べ物、探そう」

「はい」

夏樹は、大きく頷いた。

＊

幸運なことに、段ボール箱の中は食品で一杯だった。

レトルト、フリーズドライ、チョコレートやビスケット類、缶詰や乾パン。飲み物も、ミネラルウォーターまで大量に備蓄されていた。

旨そうなものを適当に見繕うと、夏樹と信はそれらを腹に詰める。

極限まで腹が減っていたのだろう、信は、次から次へと貪るように食べ物を口に運んでいた。行儀は悪いが、夏樹はむしろそんな信の姿にほっとする。人肉ではなく、普通の食べ物を欲しているうちは、まだウェンディゴにはなっていないといえるからだ。

満足いくまで飯を食い、ようやく人心地がつく。

腹に物が入れば、それだけ活力も湧いてくる。

夏樹は立ち上がると、食料庫の中を見て回った。実はさっきから、片側の壁に大量に積まれている眩しい水槽のことが、ずっと気になっていたのだ。

近付きつつ、夏樹は水槽の中を覗いてみる。

水槽は、それぞれが小型の魚を飼育する程度のさほど大きくはないものだ。どれもなぜか空っぽで、水も魚も入っていない。底の部分には薄いスポンジが敷き詰められていて、そのスポンジを、天板に並ぶ大量の白色ＬＥＤが煌々と照らしている。

「何なんだろう、これ……」

呟く夏樹の背後で、信が答える。

「たぶん、水耕栽培器だよ」

「……水耕栽培器？」

振り返る夏樹。その顔のすぐ前に、端正な信の顔があった。

吐息が掛かるほどの距離。どきりとして、思わず顔を逸らせた夏樹に、信はいつもの調子で説明した。

「下のスポンジには肥料を加えた水を含ませ、種を植える。ＬＥＤは日光の代わりで、植物の光合成を促す。これは野菜を育てるための水耕栽培器だ。だから……ほら、あそこに置いてあるのも、もしかすると種と肥料じゃないかな」

信が指差す先の棚には、確かにそれらしい袋がいくつも置かれていた。

その袋を手に取ると、信は言った。

「やっぱりそうだ。これはレタスの種、こっちはトマト、ナスもある。この種を水耕栽培器に植えて、肥料とともに上からＬＥＤで十分な光を与えてやれば、種が発芽していずれ野菜が収穫できるって仕組みなんだな」

「つまり、野菜工場ですか。でも植物をこうやって育てるっていうのは、ちょっと人工的な気がします」

「確かに。でも、植物は必ずしも露地でなければ育てられないっていうものじゃない。むしろこうやって水耕栽培器で管理栽培できれば、細かい生産調整もできるし、何より病害や虫害、台風の影響なんかを防ぐことができる」

「メリットが多いんですね」

「問題がないわけじゃないけど、農家は助かるよ。冷害や干害とも無縁だしね」

そう答える信に、夏樹は「でも、不思議ですよね」と問う。

「なんで厚生棟の地下に、こんな野菜工場があるんですか」

「あー、それはたぶん、最近の会社の方針だな」

信が頭を掻きながら答えた。

「うちの会社、最近妙にエコロジーを推奨し始めたからね。電気自動車を導入したり、施設の電力を太陽光発電でまかなったり。外の建物、下からだと見えないけれど、屋上の屋根にはすべて太陽電池パネルが並んでいるそうだ。その一環でこうやって、自前で消費する食べ物についても、太陽光発電を利用して自給しているわけだ」

「なんのために、そんなことを」

「企業アピールじゃないかな。そういうの、今の流行りだしね。あるいは、補助金狙いなのかもしれないが」

「なるほど……で、地下にこうやって設備を設けた」

「備蓄倉庫の空きスペースを有効活用してね。もっとも、実際に野菜を育て始める前に、まさかこんなことになってしまうなんて、誰も予想していなかったと思うけれど」

そう言うと信は、肩を竦めた。

——夏樹と信は、再び入口近くに戻ると、壁に寄りかかりつつ、尻を落とす。

そして、無意識に肩を寄せ合うと、しばしお互いの息遣いを聞いた。

ふと、思い出したように信が言う。

「……心配しなくてもいいよ、夏樹さん」

「何のことですか」

「もう決めているんだ。もし僕がウェンディゴになりそうだと自覚したら、そのときは潔くここを出て行く」

だから安心してくれ。信は強がるように言った。

夏樹は、慮るような間を挟んでから、静かに答える。

「そんなことしなくても、大丈夫ですよ。信さんは私が絶対に助けますから。もし信さんがウェンディゴになっても、私は絶対に信さんを見捨てませんから」

「そう言ってくれると、嬉しいね」

「冗談か何かだと思っていませんか？　私は本気です」

「………………」

数秒の沈黙の後、信は言った。

「……どうすれば、僕は助かるかな」

弱音を含む問い。夏樹は信を勇気づけるように答える。

「まず、感染源を特定します。感染源がわかれば対策できますから。そのために、外が明るくなったら、私はここを出るつもりです」

ちらり、と部屋の壁に掛かっている時計を見る。

午前五時。夏樹は思う。もうすぐ夜が明けて朝になる。

「ここを出るのか。危険だよ」

「わかってます。でもそうしないと、信さんを助けられない。覚悟の上なんです。

だってこれは……」

きっと、私が招いたことなんです。だから私が、責任を取らなければいけないん
です。

そう言おうとした夏樹の口に、信がそっと手を当てた。

「ストップ」

「信……さん？」

「ありがとう……大丈夫。いいんだ、夏樹。言わなくても。それ以上は……」

僅かに口角を上げると、ぎゅっと夏樹の手を握った。

夏樹は、二の句を継げないまま、その言葉をそっと喉の奥に飲み込んだ。

やがて――。

明るく、しかし静かな部屋。時折、水耕栽培器が唸るような音を立てる。

その只中で、お互いの頭を寄せ合う夏樹と信。彼らの意識は、徐々に遠くなって
いく。

いつしか、脱力した彼らが、いかにも安穏(あんのん)な寝息を立て始めると――。

ようやく二人にも、束の間の休息が訪れた。

*

夏樹は、叫んだ。

腹の底から絞り出すように、あらん限りの力を込めて、声を張り上げた。

何を言っているのかは――自分でもわからない。

にもかかわらず、これを言わなければ、伝えなければならない。ただひたすら、その使命感だけで、夏樹は絶叫した。だが――。

その声は、喉から出て行くときにはまったくの無音となった。

いや、自分の声だけではなく、周囲の一切が、無音だった。

力の限りの叫びも、すべては無音の世界に吸い込まれ、まるで初めから存在してなどいなかったかのような「何もなさ」と同化してしまった。

それでも夏樹は、なおも叫んだ。

彼女にはわかっていた。その叫ぶ先にいる人々が、たとえ私を顧みなくとも、まったく私を評価しなくとも、あるいは私を虐げたとしても、これが十分に価値のあるものであることは、間違いないのだと。

これこそが、希望なのだと。

だから、叫ぶことを止めてはならないのだ。止めればそこですべては終わる。すべてを終わらせないために、叫び続けなければならないのだ。人類の夢を夢物語で潰えさせないためにも、たとえどれだけ無謀なことかが十分わかっていたとしても、そこが、まるで手応えを感じさせない虚空であったとしても。

そのとき、彼女の頭の片隅に、小さな懸念が生まれた。

──もしかしてこれは、危険をも生む？

即座に、自答する。

──まさか。そんなことはない。確かに危険な要素はある。そこを踏み外せば、いかなる事態が起こるかは想像もつかない。

だが一方で、これはきちんと制御することができる技術でもある。適切に制御し、管理できるものなのだ。

さらに私は、保険に保険を重ねさえした。もはや危険はどこにもないと断言できる。

だから夏樹は、構うことなく、叫び続けるのだ。

なぜならこれは、希望だから。

人類の夢だから。

だから私は、成し遂げなければならないのだ。

この、「テロ……」を――。

＊

「……っ！」

目が、覚めた。

静かな部屋。煌々と輝く水耕栽培器と、積まれた段ボールが見える。

ぼんやりとした彼女の頭に、ゆっくりと疑問が浮かび上がってくる。

ここは、どこだ。

しばし自問してから、すぐ夏樹は思い出した。そうだ、ここは――平成製薬研究所。その厚生棟の地下、食料庫だ。同時に、夏樹の脳裏に、昨晩起こったこと、すなわち信との出会いや、ウェンディゴたちと繰り広げた闘いが、次々と蘇った。

鮮明な記憶。おぞましい出来事の数々——毒気に当てられたように、夏樹はふらふらと立ち上がる。喉がからからに渇いていた。夏樹は足下に転がるミネラルウォーターのボトルを開けると、残っていた水を一気に飲み干した。

そして、ようやく気付いた。

信が、いない。

「……信さん？」

声に出した。だがその声は、頼りなく部屋の壁に吸い込まれ、消える。

返事は、ない。

焦りとともに、夏樹は部屋中を探す。信はどこだ？　隠れているのか？　まさかどこかで倒れている？　部屋の隅々を、段ボールの中まで確かめたが、やはりいなかった。

どこにも、いない？

「……まさか」

夏樹は、はっと顔を上げる。

まさか信は——ウェンディゴ症を発症したのか？

だから、この部屋をこっそりと抜け出していったのでは？

というか、今は何時なんだ？　時計を見上げる。

午後二時。

「嘘！」

夏樹は叫んだ。もう午後だなんて、一体私は、どれほどの時間眠りこけていたのか！

慌てて、食料庫を飛び出る。

廊下はなお暗いが、思いつくまま勘だけで走り、何度も壁に身体をぶつけながらも、ようやく階段を見つけると、駆け上がった。

徐々に光が増える。一階まで上がってしまえば、もはや十分に明るく、食堂まで楽々見渡せる。その食堂の窓からは、燦々と輝く午後の太陽の光が、斜めに差し込んでいた。

夏樹は思い出す。あの割烹着を着たウェンディゴが、まだいるのではないかと。

ぐっと息を止めると、警戒しつつ、夏樹は食堂へと足を踏み入れる。

しかしその場所に、何かが動く気配はなかった。

安堵し、止めていた息を、はあっと吐き出す。

ウェンディゴはいない。でもそこには、信もいない。

夏樹は周囲を見回す。一体彼はどこに行ったのか？

まさか、夏樹を置いて逃げた？　それとも――。

考えたくはない想像が、再び彼女の頭を過る。

やはり信は、ウェンディゴ症を発症したのではないか。

そして昨日言っていたとおり、自ら夏樹の元を去ったのではないか。

夏樹は、昨晩自分が吐いた言葉を反芻（はんすう）する。

――大丈夫です。信さんは私が絶対に助けますから。

――もし信さんがウェンディゴになっても、私は絶対に信さんを見捨てませんから。

そうだ、私は確かにそう言った。なのに私は、助けるどころか、のうのうと眠りこけた。

私は、約束を破ったのだ。そんな私に迷惑を掛けまいと、いや、もしかしたら愛想を尽かして、信はひとり、この場を去ってしまったのだ。

「ああ……私、最悪だ」

下唇を噛みながら、その場で膝を突いた、そのとき。

「夏樹さん？」

彼女を呼ぶ声。

はっと振り向くと、そこには――信がいた。

「信さん！」

言うや否や、夏樹は駆け出し、信の身体に飛び付いた。

「わわっ」

よろけつつも、夏樹の身体を受け止める信。

「はは……元気だね、君は」

「ええ、元気ですよ！　私はいつだって元気です！　でもそんなことはどうだって
いいんです。信さん、本当に……ごめんなさい」

夏樹は、大きく頭を下げた。

「信さんをほったらかしにして、眠りこけてしまって」

「ああ、そんなこと」

信は、どことなく力のない笑みを浮かべつつ、言った。

「いいんだよ。君は本当に疲れていたみたいだから。あれだけの働きをして、数時
間で起きられるほうがおかしいと思うよ」

「でも……私、信さんを助けるって言ったのに」

「いいんだよ、本当に気にしなくて。そもそも、僕は君のお陰で十分に癒された」

「……癒された？」

「ああ。君の寝顔を見たお陰でね。本当に心が安らいだ」

「安らいだ。って、どういう意味ですか」

「あ、いや……うん」

一瞬口ごもる。だが、信はすぐ真顔で言った。

「とにかく、そんな君を、汚したくなかった。だから僕は、外に出たんだ」

「外に。何のために？」

「……死のうと思った」

「えっ！」

目を見開いた。死のうと思っただって？

まあ、結局は死ねなかったんだけどね、と信は申し訳なさそうに言った。

そんな彼の、埃や油で汚れた白衣に両手でしがみつきながら、夏樹は「そんなふうに言うの、やめてください」と抗議した。

「どうしてそんなことを言うんですか、死ぬだなんて」

「どうしてって、そりゃあ……もうすぐ僕は、ウェンディゴになってしまうから」

一拍を置いて、信は続けた。

「そうなれば君を危険に曝してしまう。そもそも、一緒にいるだけで僕は足手まといだ。だから、死のうと思った」

「足手まといなんかじゃありません。信さんがどうなろうと、私は見捨てません」

「気持ちは本当に嬉しいよ」

信は、ほんの少しだけ口角を上げた。

「涙が出そうなくらいにありがたい。でもね、君は僕を見捨てていいし、君が後ろめたく思う必要もない」

「嫌です！　見捨てたりしません！」

「いや、だめだ。むしろ君は僕を見捨てなきゃならない。君のためだ」

「それこそ、だめです！」

夏樹は声を裏返して叫んだ。

「信さんは私を助けてくれたじゃないですか！　何度ウェンディゴに襲われても、ここまで生き延びることができたのは、最後まで諦めなかった信さんのお陰です。なのに、どうして信さんを見捨てろっていうんですか？」

「………」

しばし無言になる信。やがて信は、ぽつりと呟くように言った。

「君はなぜ、そこまで僕を？」

「それは！　その……」

口ごもりつつ、ややあってから夏樹は答えた。

「……わかりません」

嘘だった。本当は夏樹自身、わかりすぎるくらいわかっていたのだ。

夏樹がなぜ信を救いたいと切望するのか。その理由は、もはや考えるまでもなかった。

だがそのことを口にせず、夏樹は言った。

「でもとにかく、信さんが死ぬ必要はないんです。それは間違いありません」

「どうして？」

「ウェンディゴにならないかもしれないからです」

力強く、信を励ますように、夏樹は言った。

「ウェンディゴ症は確かに、血液から感染する感染症なのかもしれません。でも、そうだとしても、血液に触れたらすぐに感染するとは限りません」

「でも、僕は傷を負った。間違いなくそこから感染しているよ」

「いいえ、まだわかりません。人間の身体には抵抗力があります。傷を負えば絶対に感染すると決めつけちゃだめです。信さんはウェンディゴになるとは限らないんです」

「ありがとう、夏樹さん。僕のことを慰めてくれているんだね。でも」

信は、諦めたように首をゆっくりと左右に振った。

「僕は、やっぱり……ウェンディゴになるんだよ」

「どうして？　どうしてそんなこと言うんです？」

「わかるんだ」

「……えっ？」

びくり、と肩を震わせる夏樹。

「わかるって……何が？」

問う夏樹に、信は、悲しげな表情を向けながら言った。

「自分が、ウェンディゴになっていくのが。そう……こうしていても、はっきりとわかるんだ。僕の精神が、どんどんと無気力になっていくのが……眩しさに目が霞んで、周りの景色もわからなくなっていくのが……音がやけに、耳の奥にうるさく響くのが……それに……なんだか君の身体が、やけに旨そうに見えるのが……」

信の言葉に、夏樹はようやく理解した。

信はやはり、ウェンディゴ症に感染していたのだ。

まさに今、信はウェンディゴへと、徐々に変貌を遂げている最中なのだ。

信はひとり、その恐怖と自らの変化とに、必死で耐え続けていたのだ。

「だから……僕はもう、死ぬべきなんだ」

「……ああ、信さん」

信の悲痛な一言に、耐え切れなくなった夏樹は、絞り出すような声で言った。

「本当に……本当に、ごめんなさい」

「ごめんなさいって、何が？」

「こんなになってしまったのは、すべて、私が原因だからです」

「原因……」

夏樹から視線を逸らせると、ぴくりと眉を震わせる信。

そんな彼に、夏樹はおもむろに語り始める。

自分が、ここで何をしていた人間なのかを——。

＊

ＤＮＡエキスパートである夏樹は、学者の道を捨て、平成製薬研究所の研究員となった。

どうして、行く道を変更したのか。それは、目的があったからだった。

彼女の目的。すなわち、不老不死だった。

老いず、死なず。書いて字のごとく、いつまでも若々しさを保ち永遠の命を得ることだ。

人には散々、悪しざまに言われたものだ。そんなものは夢物語か、あるいは宗教だ、と。

確かに人間は――いや、人間に限らず、およそあらゆる動植物、プランクトンから微生物に至るまで、生物には限られた一生というものがあり、その限度でしか生きられない。すべての生物は、押し並べてこの法則に従う。老いて死ぬことは、生物の逃れ得ぬ本質なのだ。

この、誰もが逃れようとして、誰もが従わざるをえなかった性質に、あの瞬間から、夏樹は異を唱え続けていた。

それは、敬愛する父が亡くなった瞬間。

あのときから、夏樹は常に、心に疑問を抱き続けていたのだ。

人間が、生物が、老いて死ぬことは、本当に逃れ得ない宿命なのか？

尊敬する父のあまりにも若すぎる死、それを必然の二文字で片づけていいのか？

あるいは、もしかするとそれは、回避可能なものだったのではないか？

だから――。

夏樹はこの研究所のSR班主任研究員として、強く賛同してくれる古宇田社長のバックアップのもと、「不老不死」研究を始めたのである。

しかし、彼女のこの研究は、大きな批判を生むものだった。

いわく、神が定めた宿命への反発である。いわく、不老不死は社会不安を引き起こす。確かに、人が死ななければ、それは増える一方だ。限られた資源しか持たない地球が彼らをどう支えるというのか。いずれにせよ、人が老いないということ、死なないということは、宗教的、倫理的な問題を含む。だから夏樹の研究を知る者は、ことさらそれを危険視したのだ。

だが、夏樹は研究を止めなかった。

どうして止めなかったのか。

言うまでもない。彼女は自らの研究に強い信念を持っていたのだ。この研究こそ、人類にとっての大きな前進になるもの。幾多の苦難を乗り越えてでも、まっとうする必要があるものなのだと。

それは、決して人の言葉に耳を貸さない狂信的テロリストの心境にほかならなかった。

いずれにせよ彼女は、周囲の反発さえ自らの原動力として、ますます自らの研究にどっぷりと浸かっていったのだった。

そんな夏樹が、不老不死研究のモルモットとして選んだのは、実は、細菌だった。

生物学を学んでいた彼女には、細菌は身近で扱いやすい、生命の最小単位だった。もし細菌に不老不死を実現することができれば、細菌の集合体とも言える多細胞生物にも、もちろん人間にも、原理的には応用できることになる。

だから研究の初期、夏樹は大腸菌や乳酸菌などの、普遍的で人間にも馴染みのある細菌に、さまざまなDNA変異を起こさせた。老化現象やがん細胞、細胞死（アポトーシス）は、DNAの変異とも大きく関係がある。とすれば、変異が逆の方向に働けば、むしろこれらの要因を失（な）くすことができるのではないか。その変異の先に、不老不死がきっと現れるのではないか。

夏樹は、強い信念のもと、実験と観察と分析とを繰り返していったのだ。

そして、どうなったのか。それは――。

「……まだ、思い出せない」

「記憶喪失は、完全に治ってはいないんだね」

「はい。でも、それだけわかればもう十分です。だって、次に何が起こったかくらい、容易に推測できますから」

「…………」

無言の信に、夏樹はまるで感情をぶつける様に、告白を続けていく。

「不老不死、別の言い方で言えば、ゾンビ、アンデッド。私たちはすでに、アンデッドを見て、襲われ、殺されそうになっています」

「……ウェンディゴか」

「ええ。身体を壊されても、脳さえ生きていれば行動するウェンディゴは、人の尊厳もなくして、本能に従って動き回るだけの存在ですが、確かに不老不死なんです。そんなおぞましきウェンディゴへの変質を促したのが、細菌なんです」

「つまり、細菌に感染して生ずる、言うなれば……不死症(アンデッド)」

「そうです。そして、病原体となっているものこそ、きっと、私がＤＮＡを変異させて作り上げた新種の細菌だったんです。その細菌に感染して、皆、あんなことになってしまったんです。今ここで起きている悲劇、それはきっと、私のせいなんです！　だから……」

項垂れると、夏樹は、涙声で言った。

「本当に、ごめんなさい。信さんが不死症に感染したのも、私のせいなんです」

ごめんなさい、ごめんなさい――夏樹の謝罪の言葉が、幾度も宙を舞った。

その間、信は無言で夏樹の言葉に耳を傾けていた。

ただじっと、夏樹の告白の一部始終を、信は何も言わずに聞いていた。

そうして、どれだけの時間が経過したか。

耳が痛くなるほどの静寂の中、信は呟くように言った。

「謝る必要は、ないよ」

「でも、私のせいで……信さんは」

「うん。こうなった。でも……知ってたから」

「えっ？」

知ってた？　――夏樹は思わず顔を上げる。

夏樹の視線が、信の視線とぶつかる。彼の二つの目が、夏樹を見守るように、優しげに細められている。

言葉に問えた夏樹に、信は言った。

「知ってた、というか、なんとなくわかっていたんだ。僕だって研究所の人間だから、ここで何が起こっていたのかくらい、薄々感づくよ。君がひとりで、どんな仕事をしていたのか。それが誰にも言えないもので、孤軍奮闘していたことくらい……わかるさ」

「じゃあ……信さんは」

「うん。あの日の研究所は本当に様子がおかしかった。だから、被験者棟で爆発があって、君がそこにいたとき、もうだいたい理解できていた。なんだかよくわからないけれども、会社にとってヤバい事件が起きていて、しかも君が、その渦中にあるのだろうって。お陰で、その後でウェンディゴが出てきたことも、自衛隊がいたことも、すんなり理解できた。この出来事は、たぶんその延長線上にあるんだろうって。つまり、なんとなく知れたんだ。だいたいの事情が」

そこまでを言うと、信は、にこりと微笑んだ。

「でもね、だからこそ僕は、最初からこう決めていたんだ」

「何を、ですか」

「夏樹、君を守ると」

「えっ……」

息を飲む。そんな夏樹に、信は続ける。

「僕にとって、君は、そう……なんていうかな、憧れというか、尊敬の対象というか、いや、研究者だからというわけではなくて、はじめて会った時から、女性として、その……うん、そういうことで。だから」

不意に信は、僅かに口角を上げると、ぎゅっと夏樹の手を握った。

胸の内で、どきんと心臓が大きく鳴る。

「……！」

「とにかく、謝る必要はないんだ、夏樹。僕が君と一緒にいたのは、僕の信じる道を進んだ結果なんだから。それに僕は、君にこれっぽっちも恨みは抱いちゃいない。むしろ、お礼を言いたいくらいなんだ。最後に、一緒にいてくれてありがとう……って」

「信さん……」

詰られても当然の相手からの言葉。複雑な感情を抱きつつも、夏樹もまた思う。

一緒にいてくれて、ありがとう――私だって、そう思ってる、と。

そのとき――。

バリン！

耳をつんざく大音量。夏樹は、反射的に身体を竦めた。

その横を、ばりばりと音を立てて大量の何かが落ちた。

それは、ガラスの破片だった。大小あらゆる大きさを持ち、午後の日光を反射しきらきら輝くそれらが、大量に降っている。

慌てて信の手を引き、その場を退くと、今までいたまさにその場所に、割れた破片がざんざんと音を立てて跳ねた。

何事か、と顔を上げる。

無表情のウェンディゴがいた。昨晩見た、割烹着を着たあのウェンディゴだ。

このウェンディゴは、外にいたのだ。そして食堂の中にいる夏樹たちを発見すると、襲い掛かって来たのだ。

「逃げなきゃ！」

踵を返しつつ叫ぶ夏樹。だがそんな夏樹の手を、信が引き止める。

「待って」

「どうして？　ウェンディゴがそこにいるのに！」

「いや、大丈夫だ」

見てごらん、と信はウェンディゴを指差した。

ウェンディゴは屹立していた。大量のガラス片が埋め尽くすその中央で、両手を突き出し、びりびりに破けた割烹着を、すでに着るというよりは身体にぶら下げるようにして、無表情な顔をこちらに向けていた。

その頭頂部に、ひときわ大きな三角形のガラス片が突き刺さっていた。

「慌てなくても大丈夫。もう……死んでいるよ」

信の言うとおり、ウェンディゴは、すでに絶命していた。死因が、落下したガラス片による脳損傷であることは、明らかだった。

幸運だった。夏樹たちの姿を見つけると、ウェンディゴは、ガラス壁を無視して突撃したのだ。もしかしたら、そこにガラスがあるとはわからなかっただけかもしれないが。だが、いずれにせよその無謀さが、結局はウェンディゴの仇となった。

助かった、と胸を撫で下ろす。しかし安堵している暇はない。

ある決意とともに、夏樹は信の手を取り、そのまま強く引く。

「行こう、信さん」

えっ、と驚いたような顔を見せつつ、信は言う。

「どこへ行くんだ？　そっちは食料庫じゃない」

「食料庫へは戻りません」

「じゃあ、どこへ？」

どこへ？　その答えを夏樹は、すでに得ていた。

はじき出していたのだ。ついさっき、あのガラス片が砕け散る音を聞いたときに
――信と夏樹がこの極限状態から助かるためには、どうすればいいのか、その方法を。

それは、ある種の賭けだった。だが可能性のない選択ではない。少なくとも、ここでじっとウェンディゴに怯え続けるよりは、よほど希望のある選択であることは間違いない。

だから、大きく深呼吸を挟むと、おもむろに夏樹は言った。

「……研究棟へ」

＊

研究棟。それは研究所の西端にある、まさに研究のためだけに造られた施設だ。

なぜ、夏樹は研究棟に向かおうと考えたか。理由は単純だった。

研究棟には、夏樹の研究室、彼女の仕事場がそこにあるからだ。

なにしろ、不老不死研究を通じて、ウェンディゴの原因となる菌を研究していたのは、自分なのだ。このおぞましい不死症(アンデッド)を作り上げたのは、夏樹自身なのだ。だとすれば、その研究の過程で、菌の働きや増殖を抑えるような何かも、見つけていたのではないか。

その何かさえわかれば、ウェンディゴ症の治療ができるのではないか。

だから――。

今、夏樹は、信とともに真っ直ぐ研究棟へと向かっているのだ。

微(かす)かな希望だけを頼りに。

*

研究棟までの道のり。

どうしたわけか、不気味なほどウェンディゴの姿を見かけなかった。

もしかすると、ウェンディゴはすべて自衛隊によって殲滅させられたのだろうか。

いや、それはない。夏樹はすぐに否定する。もしそうであるならば、もっとウェンディゴたちの死体があって然るべきだ。それが見当たらない以上、ウェンディゴは死んだのではなく、単に見えない場所へと移動したと考えるべきだろう。

では、奴らはどこへ移動したのか。

おそらく、建物の中だ。

ウェンディゴたちは強い光を忌避するのかもしれない。太陽が照りつける昼間は、光の届かない建物の中に逃げようとするのだ。とすると。

夏樹は、目の前の研究棟を見上げた。

十階建ての高いビル。中には間違いなく、ウェンディゴたちがいるだろう。

だが夏樹は、向かわなければならない。自分の研究室に。

ごくり、と無意識に唾を飲み込む夏樹に、信が言った。

「危険だ。やめろ、行くんじゃない。僕のことは放っておいて、君は逃げろ」

夏樹は、どきりとした。

その声がどこか平板な調子に聞こえたからだ。

抑揚を失いつつある——つまり、ウェンディゴ症が進行している。

まずい、急がなければ。

あえて夏樹は、満面の笑みを信に見せると、明るく告げた。

「大丈夫です。平気です。行きましょう。きっと助かりますから！」

まだ完全にはウェンディゴになったわけではない。だとすれば、ぎりぎりまで諦めない。

覚悟を決めると、夏樹は、信の手をぐいと引き、研究棟へと足を踏み入れた。

——研究棟は、研究所内でもモダンな造りをしたビルディングだ。

そのロビーも、研究施設というよりは美術館のような趣を持っている。床も落ち着いた色合いの柔らかいカーペット敷きだ。

ウェンディゴたちの姿は、今のところない。だが、十分に警戒しつつ歩を進める。

奥の廊下から、エレベータホールへ。おそるおそるボタンを押してエレベータを呼ぶも、ウェンディゴたちが集まってくる気配はない。

奴らはまだ侵入者の存在に気付いていないのか。あるいは、そもそも奴らはここにはいないのか——訝りつつ、到着したエレベータに乗ると、すぐに「10」のボタンを押す。

最上階である十階。そのフロアに夏樹の研究室はある。

扉が閉まるや、ものの十数秒で、エレベータは目的の階へと到着した。チン、と間の抜けた音。夏樹は身構える。もしかすると扉の向こうに、ウェンディゴが待ち構えているのではないか？　緊張の一瞬だ。

だが、開いた扉の向こうには、誰もいない。拍子抜けするほどあっさりとここまで来れてしまったことに、むしろ不気味さを感じつつ、それでも夏樹は安堵の溜息を吐いた。

「私の研究室は、廊下の一番奥です」

信の手を引き、歩いて行く。

やけに無口な信。見ると、顔中に苦しそうな表情を浮かべていた。静かに下唇を嚙み、耐えている。何に耐えているのか、その心中はわからない。だが少なくとも彼が今、何かと戦っているのだということだけは、ありありと伝わってきた。

――急がなければ。

研究室の入口。扉の横に取り付けられた指紋認証センサーに人差し指を置くと、すぐ「ピッ」と小さな返事とともに、扉が素早く横に開く。

薄暗い部屋。急いで中に入り、壁際のスイッチを押す。

ＬＥＤの硬質な光が、部屋中で一斉に点った。

眩しさに思わず目を細めつつ、辛そうな信を応接室のソファに案内する。

「ここで、待ってて」

信を横たえると、その足で夏樹はすぐに一番奥の部屋へ向かう。

夏樹が日々、研究を行っていた部屋。書籍で一杯の本棚と、書類が雑然と積まれたデスクの合間に、一台のパソコンが、肩身も狭そうに埋もれていた。

ああ、そうだった——と思い出す。このパソコンで、私はすべてのスケジュール管理をしていたのだ。日々何をすべきか記録し、重要なことがあればメモも残して。

当然、ハードディスクの中に今の局面を打破する鍵が眠っている可能性も、高い。

主電源を投入する。

なかなか起動しないパソコン。苛立ちを覚えつつも、ＯＳが立ち上がるや、すぐマイフォルダの中を片っ端から探索し始める。

数分後、夏樹はひとつの文書ファイルを発見する。

「あった……たぶん、これだ」

ファイル名——『細菌増殖抑制策（報告）.doc』。更新も新しい。

きっと、このファイルだ。ごくりと唾を飲み込むと、アイコンをダブルクリックする。

しかし――。

『ファイルはロックされています。パスワードを入力してください』

「えっ……パスワード？」

パスワード――って何？

とりあえず、ランダムな文字列を素早く入力し、エンターキーを押す。だが。

『パスワードが違います』

ファイルは開かない。

――ちっ。

夏樹は心の中で舌を打つ。

すぐそれ以外にもいくつか試してみるが、やはり開くことはない。適当な文字列でロックが解除されるほど、世の中は甘くはないのだ。

ふう――と息を吐き、後ろの背もたれに体を預ける。

ぎぎぎ、と椅子が軋む苦しそうな音を聞きながら、夏樹は考える。

――一体、どんなパスワードが設定されているのか。

私の部屋にある、私のパソコン、その中にある私のファイルにパスワードが掛かっているのだから、掛けたのはもちろん私だ。セキュリティのためか、機密情報の秘匿のためか、あるいは、それ以外の理由によるのかはわからない。

だが、掛けたのが私なら、パスワードも私らしい発想のものになるはずだ。

と、すると――。

再びキーボードに向かうと、夏樹は素早く八桁の数字を入力した。

――ピッ。

オーケイと機械が親指を立てたような短い電子音。

『ロックは解除されました』

よしっ、とデスクの下で拳を握る。

やっぱり、そうだった。パスワードは、あの八桁の数字。

亡くなった父の命日を、西暦で示したもの。

私が絶対に忘れない日付。もし私なら、それをパスワードにするに違いない。

直観は、正しかった。

頷きつつも、夏樹はすぐディスプレイに目を近付けると、画面いっぱいに開いたファイルに書かれた文章を、目を皿のようにして読んだ。

――この細菌に関しては、体内投与後の異常増殖による人体への弊害を抑える観点からの研究も進めてきたところだが、今般、新たな有効策があることが明らかとなった。

ファージだ。したがって私は、この菌を特異的に捕食するバクテリオファージを作成し、有事に備えて研究棟細菌貯蔵室に、ファージを感染させたファージ感染菌を培養し、保管しておくこととした——。


「……ファージ？」


その単語を目にした瞬間、夏樹の視界がまた、あのときと同じようにぐるぐると回り始め、心の中に記憶の渦が生まれた。

そして、思い出す。ファージ——すなわち、特異な性質を持つ微生物。

そうだ、あのとき私はひどく恐れていたのだ。特異な性質を持つ細菌が人体に感染した場合、どんな副作用が発生するか、わからなかったから。だから私は、人体内で細菌が異常増殖する場合を想定し、あるものを大量に作っておくことにしたのだ。

バクテリオファージ感染菌を。

——バクテリオファージ。それは生物の世界ではよく知られたもので、平たく言えば、細菌に感染する微生物のことをいう。

　細菌よりもさらに小さく、タンパク質で作られた外殻とその内側に格納された遺伝子のみのシンプルな構造を持つこの微生物は、特定の菌――例えば大腸菌の表面に接着すると、自らの遺伝子を送り込み、その菌のリソースを使い自らを増殖させるという機能を持つ。

　言ってみれば、寄生バチのようなものだ。寄生バチは、芋虫に卵を産み付ける。芋虫の体内で孵(かえ)った寄生バチの子供たちは、宿主である芋虫の身体を餌にしてこれを食い荒らし、最後には成虫となって外に出てくるのだ。

　バクテリオファージも、寄生バチと同じく、菌を宿主として増殖する仕組みを持っている。細菌を食べる(バクテリオファージ)ものと呼ばれているのも、このためだ。

　だが裏を返せば、特定の菌を殲滅するためには、これに対応したファージを活用することが効果的、ということでもある。

　だから夏樹は、細菌が人体に悪影響を与えた場合に備え、あらかじめファージに感染した菌を大量に作成していたのである。

　そこまでを思い出すに至り、夏樹の心に、ようやく希望の灯が点る。

　つまり、私の作った細菌が、ウェンディゴ症の原因だとすれば、このファージ感染菌を、彼らに再感染させればいいのではないか。そうすれば、人々をウェンディゴに変質させている細菌が死滅し、彼らは元に戻るのではないか。信も、助かるのではないか。

つまり、ファージ感染菌さえ手に入れられれば、この状況が打開できるかもしれない！

しかし――。

当のファージは一体、どこにあるのか？

「……大丈夫、私はもう、知っている」

開いたファイルには、ファージ感染菌を「研究棟細菌貯蔵室」に保管していると書かれている。

細菌貯蔵室。それは、このビルの二階にある部屋だ。

すなわち、エレベータを降りさえすれば、ファージは入手できる！

もはや、それ以上は考えるまでもなかった。

今すぐ、ファージを取りに行く。夏樹はすっくと立ち上がった。

＊

「行ってきます。すぐ戻って来るから、待ってて」

ソファで仰向けに横たわる信に、夏樹は声を掛けた。

「あ……ああ……」

つらそうな声。心配になり「大丈夫？」と信の様子を見た夏樹は、思わず息を飲んだ。

半目、そして無表情。

夏樹は声を失った。遂に信は、完全にウェンディゴとなってしまったのか。しかし信はゆっくりと、玉のような汗が一面に浮かんだ顔を上げて言った。

「き……気を付けて……」

か細く、弱々しい声。しかしはっきりと、信は夏樹を気遣った。

夏樹は、ほっと息を吐く。彼はまだ、大丈夫だ。

表情こそウェンディゴ症に冒されていても、信の内面はまだ正気を保っている。

まだウェンディゴになってはいないのだ。

だが、おそらくもう限界ではあるのだろう。

夏樹を慮るその言葉の裏で、信は、目の前の水を掻くように、夏樹に向けて手を何度も伸ばした。それはウェンディゴがよく見せる、目前の肉を摑んで口に運ぼうとする仕草だ。

信もまた、ぎりぎりの場所で戦っている。人としての理性と人肉を欲する欲望の間で、人間とウェンディゴの間で、揺れている。

夏樹は、信の手を両手で握った。

「絶対に助けます！　だから、あと十分だけ……いや、五分だけでいい！　耐えて！」

その言葉に、信は——。

「……ああ……な……夏樹……」

無表情の中に、口角を僅かにぴくりと上げて、応えた。

夏樹はそのまま、研究室を後にする。

とにかく、急がなければ！

しかし、そんな決意で飛び出した直後、夏樹は総毛立つ。

「ど、どうして？」

研究棟を、さっきまではいなかったはずのウェンディゴたちが徘徊していたからだ。

＊

咄嗟に、物陰に隠れる。

幸運なことに、奴らにはまだ気づかれてはいない。床がカーペット敷きだったお陰で、足音がしなかったことが幸いしたのだ。

ほっと胸を撫で下ろしつつ、しかし夏樹は顔を顰める。

――どうして、ウェンディゴたちはまた現れた？　さっきまでは気配すらなかったのに。

訝りつつ、窓の外に目をやった夏樹は、すぐその理由を知った。

橙色と藍色のグラデーションが一面に覆う空。夕焼けの光を反射する筋雲。

いつの間にか、日が暮れていた。

だからか！　だから、暗い空き部屋に潜んでいた奴らが、活動を再開したのか！

ちっ、と夏樹は舌を打った。

ウェンディゴは光を忌避する。逆に夜こそが、奴らの世界なのだ。

もう少し日が暮れるのが遅ければ、奴らと出くわさなくて済んだのに——。

下唇を嚙みつつも、夏樹はなおも考える。

どうする？　また、夜をやり過ごし、朝になるのを待つか？

いや、だめだ。夏樹は小さく首を横に振った。悠長に待っている暇はない。信は限界だ。夜明けを待てば、その前に彼は間違いなくウェンディゴとなってしまうだろう。

結局、選択はただひとつしかないのだ。

「……行くしかないか」

静かに呟くと、夏樹は腹の底に力を込める。

奴らはおそろしい存在だ。武器さえない今、見つかれば私の命はないも同然。それでも、やるしかないのだ。信を、いや、彼だけではない、あのウェンディゴたちをも皆、救うためには。

決意とともに、夏樹は、足を一歩前に踏み出す。

廊下で、三人のウェンディゴたちが、ふらふら歩いている。

まっすぐ行けばエレベータだ。二階に下りるのであれば、あれに乗るのが早道だ。

だが、途中にはウェンディゴたちがいる。奴らに見つからずに、エレベータに乗ることができるだろうか？

「……だめだ」

夏樹は首を横に振る。どう考えても、それは不可能だ。ウェンディゴ三体の目から逃れることはできない。あのエレベータに辿り着くまでに、夏樹は確実に発見される。

ならば、階段で下りてはどうだろうか？

いや、それもだめだ。階段室はエレベータのすぐ横にある。そこに辿り着くまでの難易度は、エレベータの場合と何も変わらない。

じゃあ、どうする？

数秒の思考の後、夏樹は、そっと後ろに下がる。

下に行く方法は、なにもエレベータや階段しかないわけじゃない。もうひとつの方法があると気付いたからだ。

廊下の端まで後退ると、夏樹は後ろを向く。

そこには大きな窓があった。窓の向こうに見えるのは、狭いベランダ。その床には——。

あった！

四角い穴。ベランダの床に設けられた、非常口だった。

火事の際に機能する非常用ハッチ。あれを使えば、奴らに気付かれず降りられる。

「……よし」

夏樹は小さく頷くと、クレセント錠を回してガラス窓を少しだけ開け、その僅かな隙間からベランダへと抜け出ていった。

*

巨大な蓋のようなハッチはまだ新しく、その開閉は音もなくスムースに行えた。

ハッチを開けると、するりと下の階のベランダに縄梯子が垂れ下がる。

これを伝って下りろということだろう。夏樹は躊躇いなく縄梯子に足を掛けた。

しかし、下り易くはなかった。ぐらぐら揺れる縄梯子に悪戦苦闘しながらも、夏樹はなんとか十階から九階、八階、七階——と、ベランダ伝いに階を下りていく。

気付けば全身汗だくだった。縄梯子を下りるという、普段はしない動作。

全身の筋肉も悲鳴を上げているが、四の五の文句を言っている暇はない。

階を下るごとに、窓越しに研究棟の中が見えた。

どの階でも、そこに繰り広げられているのはウェンディゴたちの饗宴だった。ある者は徘徊し、ある者はその場に佇み、ある者はひたすら、仲間の死体を貪り食っていた。

なんという、おぞましさか。思わず目を背けると、夏樹は階下に向け、ひたすら身体を動かしていくことだけに集中した。

やがて、目的の階、二階に辿り着く。

上がる呼吸。だが休んでいる暇はない。息を必死で殺しつつ、そっと窓から中を覗く。

ウェンディゴは――いない。

ほっと安堵しつつ、しかし夏樹はこのとき初めて気付いた。

もし、窓に鍵が掛かっていたら？

十階の窓にはクレセント錠が掛かっていたことを考えれば、ここも施錠されている可能性がある。もしそうなら窓ガラスを割って入らなければならないが、音を立てれば、ウェンディゴを呼び寄せるリスクも高くなる。

ごくり、と無意識に唾を飲み込みつつ、夏樹は窓枠に手を掛け、力を込める。

窓は、すっと音もなく開いた。

――幸運（ラッキー）。その二文字が脳裏を過る。

おそらく管理者が窓に鍵を掛け忘れていたのだろう。研究棟の人間は意外とずぼらな者が多いが、今回に限ってはそれが奏功したのだ。

助かった――今度こそ心からの安堵の息を吐きつつ、夏樹は窓の隙間から中へと入った。

だが――。

――大人になってからか。あるいはまだ子供の頃のことだったか。

夏樹は、誰かからこんなことを聞いた覚えがある。人の幸運（ラッキー）と悪運（アンラッキー）の総量は、釣り合いが取れてゼロになるように調整されているのだ、と。

そんなのは、単に不運に見舞われた者への慰めだ――夏樹はそう理解していた。

だが、まさに今こそ、この言葉に込められた意味を思い出すべきだったのかもしれない。

二階の廊下に足を踏み入れた夏樹。

その夏樹の足元に、何かがあった。

いや――いた。

それは――。

「……っ！」

しゃがんだまま、夏樹を見上げる小柄なウェンディゴだった。

無表情の面に浮かぶ忌わしい半目――夏樹は悲鳴を上げそうになるが、半ば強引にそれを喉奥に飲み込んだ。

当のウェンディゴは、何度か首を傾げてから、ようやくそこにいるのが「食物」だと気付いたのだろう、腰を浮かし、手を前に突き出す。

夏樹のうなじの毛が、ぶわりと逆立つ。

どうする？　だが、考えるよりも先に、身体が動いた。

夏樹は爪先に力を込めると、思い切りウェンディゴの顎を蹴り上げた。

ごっ！

鈍い音。そして何かが砕ける鈍い感触。夏樹の靴が、ウェンディゴの下顎にめり込んだ。

反動で、ウェンディゴは顎を上げて後ろにもんどり打つ。

クリティカルヒット。だが、致命傷ではない。

だから今度は、振り上げた足をウェンディゴの額めがけ、全体重を掛けて踏み込んだ。

ぼごっ！

再び、鈍い音。今度は何か柔らかいものが潰れた、嫌な感触。

背筋に怖気を立ち上らせたまま、しかし夏樹は目をぎゅっと閉じながら、踏みつけた踵をなおも何度もウェンディゴに押し付けた。

その度に足の裏から伝わる、ぶちゅ、ぐちゅ、という音——それはたぶん、眼球が潰れ、鼻梁（びりょう）が砕け、その破片が割れた頭蓋骨の奥へと押し込まれる音。

ウェンディゴは、仰向けに大の字に倒れた姿勢のまま、動きを止めていた。

それでも夏樹は、ぐりぐりと踵でウェンディゴの頭をしつこく踏み潰した。

数分後、ようやくウェンディゴが完全に停止したのを確認すると、夏樹は、震える膝を何度も叩きながら、振り返ることもなくその場からよろよろと離れていった。

やがて、廊下の片側に扉が見えた。

扉の上には、その部屋の用途が書かれている——「細菌貯蔵室」

ここだ。周囲に奴らがいないことを確かめると、夏樹はその扉を開き、中へ入っていく。

細菌貯蔵室。そこは研究所のさまざまな細菌を貯蔵している部屋だ。幾つもの棚と引き出しがあり、それらの中がまた幾つもの小区画に細分化されている。

夏樹は、途方に暮れた——一体、ここのどこに私はファージ感染菌を保管したのだろう。

しかし、考えていても何もわからない。

夏樹はとりあえず、引き出しを手当たり次第に開いていく。

開けるたびに中のシャーレや試験管がかちゃかちゃと耳障りな音を立てるが、構うことなく、次々中を検(あらた)める。

だが、十分近くを掛け、半分以上の引き出しを調べるも、それらしいものは見つからない。

どうして、みつからないの？

まさか——初めからそんなもの、存在しない？

焦りで背筋が震える。もし、どこにもなかったら——そんな不安が頭を過り、からからに乾いた口の中で舌が口蓋に張りついているのを感じた、まさにそのとき。

「あっ！」

一番端の、一番下、一番大きな引き出しの中に、それはあった。

整然と並べられた何本ものアンプル。それらの横に、マジックで殴り書きの——

しかし間違いなく夏樹自身の筆跡で書かれたガムテープが貼られていたのだ。

ガムテープには、こう記されていた——「ファージ感染菌」。

「これだっ！」

ようやく見つけた！　間違いない！　——夏樹は小さく拳を握った。

そのとき、どこかで物音が聞こえた。

反射的に身体を竦め、その方向を確認する。

何も、なかった。気のせいか。

だが気を緩めるな、まだ終わったわけじゃないのだから——そう自分に言い聞かせつつ、夏樹は、数多あるアンプルのうちの一本を引っ張り出すと、ポケットの中にしまい込んだ。

そして、足音を忍ばせつつ出口に向かうと、そっと扉を開け、廊下の様子を窺う。

ウェンディゴは——。

「……いない？」

きょろきょろと周囲を神経質に確かめる。床を這っていることも、天井に張り付いていることもなかった。

よしと頷くや、夏樹は廊下を駆け戻り、ベランダへと一目散に抜けた。そして、そのままハッチから垂れ下がる縄梯子を、さっきとは逆方向によじ上る。下りるよりも、上るほうが難しい。それを身体で理解しつつ、それでも夏樹は、十階を目指し夢中で縄梯子を上った。

口の中がからからに乾いていた。だが、喉の渇きを覚える暇はない。掌には幾つもまめができていた。だが、気にする余裕も微塵もない。ただひたすら、夏樹は重力に逆らい、無心で上っていく。

信の待つ、十階へと。

ふと、視界を、外に向けた。

二度目の不穏な夜。そこにあるのは、奥神谷に造られた広大な研究所。四方を山に囲まれ、緑と自然に溢れた、しかし生命科学の最前線として機能する、極めて人工的な研究所。

その全体を、星明りが不気味に照らし出していた。

＊

十階へと戻った夏樹は、そっとベランダの窓から中を窺う。ウェンディゴは——。

いない。

千載一遇のチャンスと身体を建物の中へと滑り込ませる。足がもつれるのも構わず、夏樹は必死で自分の研究室へと駆けていく。

扉の前に立ち、人差し指をセンサーに押し付ける。「ピッ」という短い音。横に開く扉の間に、夏樹は無理やり身体を押し込んだ。そして。

「……はあっ！」

後ろで扉が閉まるや、大きく息を吐き出した。その場で膝を床に突き、がくがくと震える身体を自分で抱き締める。

目を閉じると、まるで祈るように、心の中で呟く。

よかった、何とかまた、ここに戻って来ることができた——。

しかし夏樹は、すぐぱちりと目を開き、立ち上がる。

応接室に走り、背を向けてソファに横たわる彼に、声を掛ける。

「……信？」

信の背が、ぴくりと震える。

夏樹は再び、呼び掛ける。

「大丈夫？　信」

その声に、信は——。

答えない。

慌てて肩を揺する。だが信は、身体の筋肉を強張らせ、身体を丸めた格好のまま、まるで夏樹を拒絶するかのように、頑なに背を向けている。

「信！　信！」

彼の名を叫ぶ。しかし信の様子に変化はなく、返事もない。

顔付きは無表情で、夏樹の呼び掛けには応えない。

——まずいぞ、いよいよ信が、ウェンディゴになろうとしている。

夏樹は焦りを覚えた。時間はもはや秒単位。急いでその場を離れると、夏樹は棚の引き出しを漁った。もどかしく震える手。確か——確か、ここにあったはずだが——。

「あった！」

夏樹は、摑み取る。

それは、未使用の注射器。

包装を剝がすと、夏樹は真新しいガラスの筒を指で挟み、先端を覆う赤いゴムを外した。

それから、持ち帰ったアンプルを取り出すと、先端を折り、中の透明な液体――ファージ感染菌に、注射器の針を挿入した。

こぽこぽと、小さな泡とともに、筒の中に液体が移る。そんなにたくさんは要らない。確実に信の身体の中にファージが送り込まれればよいのだから。

半分ほどまで液体に満たされた注射器を手に、夏樹は再び、応接室へ取って返す。

信の横で膝を突くと、急いで彼の白衣の袖口を捲り上げる。

触れても反応のない、信の冷たい身体。構わず、夏樹は信の二の腕を顕わにした。

日に当たっていないからか色白な肌。それでいて筋肉質な腕。

その皮膚に、夏樹は注射器の先端を斜めに押し当てる。

ふっつりと、針はほとんど何の抵抗も受けず、信の体内へと侵入した。

僅かに染み出す血液。だが針をさらに奥へと押し込む。

二ミリ――五ミリ――そして一センチ。

その先端が、静脈に達したのを確認すると、夏樹は、ゆっくりと押し子に力を込めた。

透明な内容物が、ガスケットの圧で信の体内に浸潤していく。

「……お願い……」

注射器を見つめたまま、夏樹は無意識に呟く。

やがて、最後の希望がすべて吸い込まれたのを確認すると、夏樹はそっと針を抜去した。

注射痕からじわりと血液が滲み出し、真紅のルビーのような球を作る。

それを潰すように指で押さえると、夏樹はそのまま何かに懇願するように、顔を伏せた。

この試みが、効果を見せるのか。それとも、見せないのか。

あるいは、間に合ったのか。それとも、手遅れだったのか。

結果はわからない。だが、むしろ晴れ晴れとした気分で、夏樹は思う。

私はもう、後悔しないだろう。

もし仮に失敗したとしても。ウェンディゴに変貌した信に、この場で殺されたとしても。

そう。やれることは、すべてやったのだ。

この上、私にできることなど、もう、何もないのだ。だから——。

夏樹は、跪（ひざまず）いたまま両手を組むと、頭（こうべ）を垂れた。

そして、心の中で唱えた。

——神様、どうか、信を助けてくださいと。

＊

何時間、経っただろうか。

両手を枕に突っ伏す夏樹は、目を覚ます。

寝ぼけた瞳に、ぱちぱちと二度の、瞬き。それからはっ、と驚いたように目を見開いた。

——いけない、寝ちゃった！

いつの間にか、気を失うように眠っていたらしい。がばっと跳ねるように飛び起きる。

信は、どうなった？

彼を見る。さっきまでと同じ姿勢で、横たわる信。

ごくり、と唾を飲み込みつつ、彼の肩におそるおそる手を置き、そっと声を掛ける。

「し、信……？　大丈夫……？」

夏樹の呼び掛けに、信は――。

一瞬、ぴくりと痙攣するように身体を震わせる。

それから、ゆっくりと寝返りを打ち、夏樹の方を向く。

その顔は、無表情。そして半目。

ごくり、と唾を飲む夏樹。その喉の嚥下する動きに反応するように、信は、半目のまま、何かを嗅ぐように鼻をひくつかせる。

そして、だらんと下ろしていた両手を上げ、夏樹に向ける。

もし、ファージ感染菌の効果がなかったとしたら？

すでに、信が正気を失い、夏樹を餌だと思い襲い掛かって来たら？

つまり、もはや完全にウェンディゴへと変わり果てていたとしたら？

恐ろしい想像に、身構える夏樹。

そんな夏樹に、信は――。

か細い声で、言った。

「……お……かえ……り」

そして、ほんの僅かに――しかし確実に――口角を上げた。

その瞬間、夏樹は理解した。

信は、襲い来るウェンディゴの無表情と、人肉への渇望を、乗り越えたのだ。

つまり、彼は、ウェンディゴ症から生還したのだ。

ファージ感染菌は、効いたのだ。だから。

「信！」

歓喜の叫びとともに、夏樹は信の身体に抱き付いた。

そんな彼女を、信はそっと片手で抱き、もう片方の手で夏樹の頭をそっと撫でつつ、たどたどしくも、はっきりと言った。

「……あり……が……とう……夏、樹……」

信を力一杯抱き締めながら、信に優しく撫でられながら、夏樹は――何の言葉も返すことができないまま、その代わりに溢れ出す涙と嗚咽とともに、ただただ、心の中で呟き続けていた。

よかった――本当に、よかった――と。

そして同時に、理解した。

まだ出会って数日しか経っていない彼なのに、夏樹の心は、今や狂おしいほどの愛おしさで一杯になっているということに。

つまり、初めて夏樹は、それが単なる好意以上のものであると自覚したのだ。

そうだ、私は、信を、心の底から愛しているのだ、と。

＊

ファージ感染菌の効果は、劇的だった。

精神も肉体も、ほとんどウェンディゴになり掛けていた信だったが、ほんの一時間で言語機能を取り戻すと、間もなく特徴的な半目もなくなり、表情も豊かに、身体も自由に動かせるようになった。

信の身体の中にいたウェンディゴ症を発症する原因となっている菌が、夏樹の注入したファージの作用により消滅したことの、何よりの証明だった。

そして、信は半日で、完全に元の自分へと戻っていった。

「……ありがとう、もう大丈夫だよ」

本当に、君は命の恩人だ、夏樹――そう述べる信の口調は、以前にも増して力強さが漲っているように思えた。

そして、完全復活した信に、夏樹はある試みを提案した。

それは、この研究棟の二階、細菌貯蔵室に残されているファージ感染菌を、最大限有効活用すること。

「……散布?」

夏樹は、「はい」と頷いた。

「ファージ感染菌を、この研究所の中にいるウェンディゴたちに感染させるんです。そうすれば彼らも、正気を取り戻すはずです」

なるほど、と信は唸る。

「僕がウェンディゴになるのを免れたのは、確かにあのファージのお陰だ。しかし、完全にウェンディゴ症を発症している彼らにも効くかどうか……上手くいくかな」

「ウェンディゴ症の原因になっている細菌は、神経中枢に直接働きかけて、人間を異常行動に駆り立てているんだと思います。ならば、ウェンディゴ症の原因菌を除去しさえすれば、身体に物理的な致命傷を負っていない限り、きっと、元の人格が取り戻せるはず」

ふむ、と目を細めながら頷く信。

一度ウェンディゴになりかけたとは思えないほど表情豊かに、信は続けた。

「試してみる価値はあるね。だが問題は、ウェンディゴたちの体内に、どうやってファージ感染菌を取り込ませるかだ。見つかれば攻撃される。注射するのも困難だ」

「そこは、考えがあります」

「考え？」

にこりと微笑む夏樹。

「ええ。ウェンディゴたちの好物に、あらかじめファージ感染菌を散布しておくんです」

「好物……ああ、わかったぞ！」

信が、ぽんと手を打った。

「死体か！　ウェンディゴたちには人間の死体を食う習性がある、その死体にファージ感染菌を散布しておけば……」

「ウェンディゴたちは、死体と一緒にファージ感染菌を取り込みます」

「そうすれば、彼らも人間に戻るって算段か！」

いきなり、信がまた夏樹を抱き締めた。

「きゃっ！」

「すごいな、君はやっぱり天才だ、夏樹！」

突然のことに、どきどきと心臓を高鳴らせながらも、夏樹は、そっと目を閉じると、信の背中に手を回し、彼よりも強く、ぎゅっと、その筋肉質な身体を抱き締め返した。

*

日はまだ、高い位置にあった。

急げば作業は日没までには終えられる。夏樹たちはエレベータで降りて行く。

ウェンディゴたちは見当たらない。明るさを嫌ってどこかに姿を隠しているのだろう。夏樹はほっとした。ウェンディゴがいると危険だからということもあるが、何より、もう彼らを傷付けなくて済むからだ。ウェンディゴたちを人間に戻せるのならば、これ以上彼らに傷を負わせたり、殺したりするべきではない。

二階に着くと、すぐ細菌貯蔵室に向かい、箱一杯のアンプルを持ち出す。

それを手に研究棟の外に出ると、夏樹たちは研究所のあらゆる場所へ――特に、死体がありそうな場所へと、足を運ぶ。

幸運と言うべきか、不幸と言うべきか、死体は探すまでもなくあちこちに転がっていた。

夏樹たちに襲い掛かってきたウェンディゴたちの、腐敗を始めたその屍(しかばね)——だが白日の下でその死体を見れば、それはどれもただの人間のもの。何の罪もない、ただただ気の毒な犠牲者たち。

心の中で手を合わせると、夏樹たちは彼らにアンプルの中身を次々と振り掛けていった。

日が落ちるまで、時間の許す限り、汗だくで、死体にファージ感染菌を含ませていく。

彼女は思う。この死体にも、夜になれば生き残ったウェンディゴたちがまた集(たか)り、死肉とともにファージ感染菌を体内に取り込んでいくに違いない。そうすれば、やがて彼らの体内にあるウェンディゴの原因は駆逐されるはずだ。

正気を取り戻し、元の人格に戻っていく、つまり人間に戻るはずだ。

そうして、すべてのウェンディゴたちが、人間に戻ったとき——。

自衛隊が、この研究所を封鎖し、私たちを閉じ込めておくべき理由がなくなる。外に出られる。

悪夢は終わるのだ。

三日間にわたる激闘。身体の隅々までをくまなく支配する、とめどない疲労感。

しかし、それを遥かに超える達成感。

私は、やり遂げたのだ！

だが——ほんの僅か。

夏樹の心の片隅にはまだ、ほんの僅かな「それ」があった。

「それ」——すなわち違和感。喉に刺さった魚の小骨のように、大して痛くはないが、気にはなる。その程度のごく小さな違和感。

なぜ、違和感があるのか。答えは単純だ。私の記憶が、いまだ不完全だからだ。

そう、未だすべてを思い出したわけではないのだ。

だからかは知らないが——安堵しつつも、夏樹はいつまでも、戦きを隠せずにいた。

Phase Ⅳ

効果は、ファージ散布の翌日から覿面に現れた。

研究所を徘徊していたウェンディゴの中から、正気に戻る者が現れたのだ。

信以外では初の「ウェンディゴ症からの生還者」は、中年の男だった。

昼間、夏樹と信が死体にファージ感染菌を振り掛ける作業を続けていたときのこと。

先に気付いたのは、夏樹だった。

「信、見て、あれ！」

指差す先、強烈な太陽の日差しの下を、ふらふらと男が歩いている。ぼろぼろに破れた背広は泥だらけ、片足だけに革靴だけを履く姿が、見るからに怪しげだ。

まさか、ウェンディゴか？　一瞬、緊張が走る。

だがすぐに、その歩き方がウェンディゴ症に特有の「両腕を前に出した姿勢」ではないことに気付く。近づくにつれ、男が半目でも無表情でもなく、その代わり眩しそうに顔を顰め、喉の渇きに喘ぐように、顎を前に突き出していることにも。

男もまた夏樹たちの存在に気付いたのか、はっとした表情を見せた。

「お……？　おうい……おうい！」

最初は遠慮がちに、やがて大声を張り上げ、手を振る男。

男は、夏樹と信に何がなんだかわからないと言いたげな顔を見せた。

「い、一体、この研究所で何があったんです？　ていうか……私は一体、何を？」

男は、自分を平成製薬の本社営業部所属の係長だ、と述べた。

研修で、奥神谷村にあるこの研究所に一週間、滞在していたらしい。だが。

「実は何も覚えていないんです。一体、私の身に、何が起こったんですか……」

あなたはウェンディゴ症に罹ったんですよ、人の肉を食べて生きていたんですよ、とは、もちろん夏樹も信も口にはしない。

夏樹たちはただ、男をねぎらいつつ厚生棟へと案内した。厚生棟には十分な「人間向け」の食料があるからだ。それらを貪るように腹に詰め、空腹を満たすと、男は「ところで……」と不思議そうに訊いた。

「どうして研究所の外に、出ないんですか」

「出たいのはやまやまです。ですが……」

自衛隊がゲートを封鎖しており、閉じ込められているという事実を告げる。

男は顔色も変えずに、「そうですか」と、淡々と頷いた。

「やっぱり。そんな気がしていました」

「驚かないんですね」

男は、「ええ」と神妙な表情で頷いた。

「最近、ここでは『禁断の研究』が行われているという噂がありました。なんでも、倫理上の問題はあるのだが、社長が強力にバックアップして進めているのだとか……いずれ、それが問題になるかもしれないと、囁かれていたんです」

どきりとする。夏樹がその噂の研究を進めていた張本人だからだ。

だが彼女は口を噤んだまま、男の言葉に耳を傾ける。

「だから、なんとなくわかるんですよ。ここで何があったのか。お二人は私を気遣って積極的には話さないのでしょう？　でも、私だって馬鹿じゃない。道端の死体や、その無残な姿や、何より私自身の格好を見れば、なんとなくわかりますよ。私の身に何があったのか。そして、自衛隊が私たちをここから逃すまいとする理由も」

一息を吐くと、男は「私にも、あなた方の仕事を手伝わせてくれませんか」と申し出た。

「それが、罪滅ぼしのような気がします」

――そのときから夏樹たちは、三人で行動するようになった。

これを皮切りに、次の日も、またその次の日も、夏樹たちの目の前に生還者が現れた。二人、五人、十人――その数は指数関数的に増えていく。

ファージ感染菌は、着実に効果を表しているのだ。

そして、散布から五日後。遂に正気を取り戻した人々の数が百人を超えた。

数は力だ。ここまでくると、人々はお互いに協力し合い、残っているウェンディゴを夜、探し出すと、即座に網に掛けて取り押さえ、ファージ感染菌を直接注射して回ることを、組織的に実行できるようになっていた。

研究所内に潜むウェンディゴは、こうして次々と発見され、人間へと戻されていき、もはやその脅威がなくなるのも時間の問題だろうと思われた。

しかしそれでも、最大の問題は解決されないまま残っていた。

――自衛隊だ。

蟻の一匹さえも漏らすまいと取り囲む彼らは、研究所が平静を取り戻しつつある今となってもなお、戦車による包囲と威嚇を止めようとはしなかったのだ。

食糧はまだ十分にあったし、水耕栽培器を稼働させれば半永久的に食べ物にも困らない。太陽光発電システムもあるし、水も地下水から確保できる。自給自足ができるこの研究所において、餓死するという危険は最低限回避できる。

だが、閉じ込められっぱなしなのも困る。

人々には、彼ら本来の生活がある。もちろん誰もが外に出たがっていた。こうして、いつしか人々は、口々に不満を漏らすようになっていた。早くここから出してくれ、と。

夏樹もまた、外に出られないのは不服だった。

だが、それ以上に疑問だった。

なぜ自衛隊は包囲を解かないのか？　事態は着実に解決に向け動いているのに。

なぜ外に出してはくれないのか？　ウェンディゴの姿もなくなったというのに。

その理由が、まったくわからなかったからだ。

だから――。

信がウェンディゴ症を克服した日から、ちょうど一週間後に当たるその日の正午。

疑問を解消すべく、夏樹は単身、自衛隊が封鎖をし続けるゲートへと向かっていった。

＊

眩しい太陽の下。

ゲートの向こうには、いまだ飽きもせず、何十台もの巨大な戦車が連なっている。

夏樹が歩み寄ると、彼らはすかさず砲台をこちらに向け、その交点を彼女に合わせた。

厳重かつ厳格な、予防線。

『……しない。繰り返す。その場所に留まり、それ以上近付いてはならない。こちらには射撃する用意がある。近づけば命の保証はしない。繰り返す。その場所に留まり……』

スピーカーからの、警告。

相変わらず耳障りな音だ。顔を顰めつつ、しかし警告に逆らい彼らに近付く夏樹は、狙撃されるぎりぎりの場所に立ち、大声を張った。

「話をさせて！」

声が裏返る。だが構わず、なおも悲鳴を上げるように、怒鳴る。

「聞こえているんでしょう？　話をさせて！」

『……に留まり、それ以上近付いてはならない。こちらには射撃……』

「そこにいるんでしょう、松尾さん！　お願いですから、私の話を聞いてくださ
い！」

『…………』

不意に、メッセージが止まる。

それから数秒後、スピーカーの声質が変わった。

『……松尾だ。何の用か』

「松尾さん！　私です、泉夏樹です」

『知っている。それよりも、話とは何か』

感情を排した声色。夏樹は、そんな松尾三佐に懇願する。

「お願いです！　ゲートの封鎖を解いて、ここを通してください！」

松尾三佐は、ごくあっさりと答える。

『それはできない』

「なぜですか」

『命令だからだ』

「でも、もうここは安全なんです！」

夏樹はなおも、心から松尾三佐に訴える。

「この研究所はもう安全です、もうウェンディゴは……いえ、人格が変化した人間は、ひとりもいません。細菌感染の危険性もありません。だから、自衛隊の方々が私たちをここに閉じ込める理由もないんです。お願いですから、封鎖を解いてください！」

『………』

しばしの沈黙。ややあってから松尾三佐は、冷徹に――しかし、初めて少しだけ彼女を慮るような抑揚も見せつつ、答えた。

『状況は理解する。あなたの気持ちもわかる。だが、無理だ』

「なぜ？」

『それが命令だからだ。我々は違背できないし、あなたにもその他の行為は許されない』

申し訳ないことだが――と、松尾三佐は言った。

やはり、杓子定規な回答だ。しかし夏樹は察する。松尾三佐から出た「申し訳ない」という謝罪の言葉の裏には、十分な交渉の余地があると。

夏樹は即座に「じゃあ、こうしましょう」と畳み掛ける。

「封鎖は解かなくても構いません。その代わり、これから私が言うことを上の方に報告してくれませんか？　それなら、あなたが命令に違背したことにはならない。違いますか？」

『……確かに、違いはしない。だが』

怪訝そうに松尾三佐は問うた。

『報告するかどうかは内容による。あなたは私に何を報告させようと言うのか』

「大したことではありません。ただ、この場所はもう安全だと、伝えて欲しいだけです」

『上の命令そのものを、私を介して解除させようという腹か』

「まあ、そういうことです」

『なるほど。だが、残念ながらあなたの依頼に応じることはできない』

「なぜですか？」

『この私が、あなたが立つその場所が安全だと考えていないからだ』

「まあ、それはそうでしょうね。松尾さんは、ここが今どういう現状かを知らないわけですから。でも」

わざと口角を上げ、にこやかな口調で夏樹は言った。

「ならば提案です。……ここに来てくれませんか？」

『ここ？　どこのことだ』

「もちろん、この敷地です。松尾さんに自分の目で、しっかり見てほしいってことです」

夏樹は、「この研究所の現状を」と両手を広げる。

「そうすれば松尾さんもわかるはずです。この研究所はすでに安全だ、封鎖を解いても問題がないと。つまり、上の方々にお話ししていただけるに足る確証を得てほしいんです」

『…………』

どう答えるべきか迷っているのだろうか、松尾三佐は沈黙する。

そんな彼に、夏樹はさらに言葉を投げる。

「松尾さんが、封鎖すべしという命令をまっとうしなければいけない立場であることは理解しています。でもだから松尾三佐が単独で動いてはいけないというわけでもないですよね？　それならば、一緒に来ていただくこともできるはず」

『ううむ……』

小さい唸り声――逡巡しているのだろうか。

ややあってから、松尾三佐は『少し時間をくれ』と言うと、一旦マイクを切った。

それから、焦らされるような数十分の後――再び、マイクのスイッチが入る。

ピーンと張り詰めるような甲高いハウリング音。その後に続き、松尾三佐は、静かに言った。

『待たせてすまない。上への照会に時間が掛かってしまった』

「聞いてくれたのですね。上の方たちは何と?」

『こう言ったよ。「担当官の責任において、ひとりで現場巡視せよ」と』

「と、いうことは」

『提案を受け入れよう』

「本当ですか!」

『ああ。あなたの言うとおり、しばらくの間、私がひとりでそちらに立ち入って、自分の目で現状を確認させてもらうことにする。その上で十分に安全が確保されているとの確証を持てれば、その旨を上にも報告することとしよう』

「ありがとうございます、松尾さん!」

『だが、覚えておきたまえ』

釘を刺すように、松尾三佐はぴしりと言った。

『もしほんの僅かでも危険があると判断したならば、その時点で私は即座に退場し、二度と上に報告することはしないだろう』

それでもいいか、と迫る松尾三佐。夏樹は、大きく頷いた。

「それでいいです」

『よろしい。では、しばらくそこで待っていたまえ』

それきり、ぷつりとスピーカーの音が途切れる。

しばらくの間、じりじりとした初夏の日差しに打たれつつ、夏樹はその場に立ち尽くす。

戦車の動きにも変化はなく、ただ時間だけが過ぎていき、やがて、どのくらい待っただろうか。

数十分か、一時間か。いい加減、待たされることにも焦れてきたころ、ようやくゲートの向こうにひとりの男が現れた。

白い全身繋ぎの防護服。顔の部分もプラスチックのゴーグルで覆われている。背は低く、視線の高さは夏樹とそうは変わらないが、明らかに分厚い胸板が、内側から防護服を丸く盛り上げている。ゴーグル越しに見える眼光鋭い目つきと、特徴的な高い鷲鼻。顔に刻まれた皺の雰囲気からして、年齢は四十前後だろうか。

精悍な顔つきのその男は、何よりも常人とはまったく異なるオーラ、まるで野武士のような、幾つもの修羅場を掻い潜ってきたと思わせる鋭敏な雰囲気を纏っていた。

使い込んだ飴色の鞄を手に、男は落ち着いた足取りで夏樹に近づき、右手を差し出した。

「……松尾巌三等陸佐だ。よろしく」

そのごつごつとした右手を握り返しながら、夏樹は言った。

「厳重装備ですね」

「必要なことだ」

「そこまで危険じゃありませんよ」

「そうかもしれない。だが、そうじゃないかもしれない」

小さな咳を払うと、松尾三佐は続けて言う。

「今が非常事態であることに変わりはない。私が安全と判断できるまでは、申し訳ないが防護服は着用させてもらう。構わないな」

「むう……仕方ないですね」

研究所の外にいる者の判断としては、確かにまっとうなものではある。

さて、と防護服の腰に手を当てて周囲を見回すと、松尾三佐は言った。

「では、泉博士。早速案内をお願いする」

＊

まず夏樹は、松尾三佐を研究棟へと案内した。

研究棟――夏樹がウェンディゴを人間に戻すファージ感染菌を発見したこの場所は、今や人々の活気に溢れた、対ウェンディゴの拠点となっていた。

入口には、ポリタンクが幾つも積まれていた。培養されたファージ感染菌が入ったものだ。ウェンディゴ症から生還した人々の中には、平成製薬の研究者もいた。彼らの協力でファージ感染菌は大量に培養され、ウェンディゴ症治療の武器となっていたのだ。

生き生き仕事をする彼らの中にあって、一際元気に、先頭に立って指揮を執っているのは、最初にウェンディゴ症から復帰した信だった。

「信！」

夏樹は研究棟一階のロビーで指示をしている信に、手を上げた。

振り返り、夏樹に気付いた信は、嬉しそうに、にこりと白い歯を見せる。

「夏樹！　心配したよ、急にいなくなるから……ん？」

夏樹の背後にいる松尾三佐に気付いたのか、信は疑わしげに目を細めた。

「……その、不気味な白装束は？」

「松尾巌、三等陸佐だ」

夏樹が紹介する前に、松尾三佐が小さく会釈する。

「松尾……ああ、自衛隊か」

信の表情が歪む。過去、ゲート前で松尾三佐に追い返された記憶を思い出しているのだ。

不快感をあらわに、信は剣呑な口調で問う。

「自衛隊がどの面下げてここに何しにきた。しかも、そんな仰々しい格好で」

「研究所内を確かめに来た」

「確かめる、だと？」

「泉博士は、もうこの敷地内には危険がないと言う。私はそれが正しいか調査をしに来た」

「そうなのか？　夏樹」

ちらりと見る信に、夏樹は頷いた。

松尾三佐は続けて言う。

「もし泉博士の言うことが本当であって、すなわち安全であることが確認されれば、私から上層部に掛け合ってみるつもりでいる」

「……掛け合う。ゲートを開けてくれるのか」

「そこまでは約束できない。権限がないからだ。だが上に安全性を報告することはできる。その結果として状況が好転するかもしれない。私は、あなたたちをこの場所からどうにかして救えないかと考えているのだ」

「………………」

しばし、睨むような目つきで松尾三佐を見つめていた信だったが、やがて、低い声で続けた。

「僕は……一時は、あんたに殺されると思った。そりゃあ恨んだもんだ。どうして僕らを攻撃するのか、助け出してくれないのか……その恨みは未だに、晴れてはいない」

「……………」

「あまつさえ、そんな格好で現れる。まったく、僕たちを馬鹿にしているとしか思えん」

信の言葉に、松尾三佐は慇懃（いんぎん）に頭を下げた。

「あのときは……いや、今も、本当に申し訳ないと感じている。もちろん、こうして頭を下げても、あなたがたは簡単には許してはくれないだろう」

「そりゃ、高望みというものだな」

「理解している。だからこそ、私はその借りを必要な行動で返そうと考えている」

「それが、調査だと」

「そうだ」

頷く松尾三佐。

しばし松尾三佐を無言で睨みつける信だったが、やがて肩を竦めて言った。

「正直、あんたへの恨みは尽きない。だが、それはそれとしてだ……現時点では、あんたが僕らを助け出してくれる唯一の頼みの綱であるのも事実だ。とすれば」

不承不承と言いたげな顔付きで、しかし信は、松尾三佐に右手を差し出した。

「名より実を取るしかあるまい。文句はとりあえず後回しにして、協力させてもらうよ」

その右手を、松尾三佐はがっちりと握り返した。

「意に沿えるかはわからない。だが、私のできることはすべてしよう」

「よろしく頼む。くまなく研究所を見て、すでにここが安全であることをあんたの目で確かめてくれ」

力強く握手をしながら、信がちらりと夏樹を見た。

――これで、いいんだろ？

苦笑する信に、夏樹は「ありがとう」と小声で微笑んだ。

＊

夏樹、信、松尾三佐の三人は、厚生棟へと場所を移した。

厚生棟は現在、人々の宿泊場所となっていた。食堂は広く、横になれるスペースがあり、地下倉庫にも食料の備蓄があったからだ。

そこに、今では何十人ものウェンディゴ症から生還した人々が、寝泊まりをしていた。

「なるほど。食料はあとどのくらい持つ？」

松尾三佐の問いに、信が答える。

「保存食だけなら数か月。大事に食べれば一年はいけるだろう」

「そこから先はどうだ。自衛隊からの食料支援は必要か？」

「ちょっと待て。まさか、そんなに長い期間僕らをここに閉じ込めるつもりなのか」

「仮定の話だ」

「……だといいんだがな」

苦笑いを浮かべつつ、信は続ける。

「実のところ、食料は支援がなくても生きていけると考えている。地下倉庫にある水耕栽培器を稼働させれば、野菜が収穫できるからな」

「ハイテクだな。つまり、いつまでも生きていけると」

「ああ。死ぬまでは生きるよ。もっとも野菜だけだと栄養は多少偏るだろうが」

「ふうむ……」

顎に手を当て唸る松尾三佐。しばし考え込んでいたが、ややあってから問いを続ける。

「……ここには発症者は？」

「ウェンディゴのことか？　もし奴がいたら、こんなにリラックスはできないよ。ここにいるのは皆れっきとした人間、生還者だ」

「そうか」

再び、深く黙考する松尾三佐。

何を考えているのだろう？　夏樹は、横から問い掛ける。

「松尾さん、どうかしたんですか？」

「……いや、大したことじゃないのだが」

ちらりと夏樹に視線だけを返すと、松尾三佐は言った。

「今ここにいる人々は、元々はどういう人だったのかね？」

「多くはここの職員です。研究所員とか、事務職員とか。被験者だった人もいます」

「ということは当然、年齢層もばらばらだということになるな」

「はい。十代はさすがにいませんが、二十代から六十代まで、七十過ぎの人もいます……それが何か？」

「うーむ……なんとなく、違和感がある」

「違和感、というと？」

問う夏樹に、松尾三佐は僅かに首を傾げた。

「どうも奇妙に思えるのだ。皆、やけに快活に見えることが」

「快活？　……おっしゃっていることの趣旨がよくわかりませんけど、快活なら、それっていいことなんじゃないですか」

「ああ。基本的にはいいことだろう。だが私が言っているのは、それにしてもパワフルだということだ。皆、随分と若々しい。いや、若々しすぎる」

「若々しい……」

そう言われてみれば、誰もが元気で、若さに満ち溢れているように見える。いや、現実に外見がそうなっていると言うべきか。

「年相応の機能を超えた外見を有する場合、それは不自然なことと捉え得る」

「つまり、ウェンディゴ症がまだ完治していないとおっしゃりたいんですか」

「そうとは言わない。だが、副作用的なものが残っているのではないか、とは疑っている」

「………」

「考え過ぎじゃないかな、松尾さん」

信が横から助け船を出した。

「誰だって死の淵から蘇ればそうなるよ。皆、ウェンディゴ症から生還して、自分の命のありがたみが増しているんだ」

「……そうなのか」

「ああ。他ならぬ僕がそう思っているんだから、間違いない」

「まあ……それならば、いいのだが」

半分は納得し、半分はまだ疑問に思うというニュアンスを残しつつも、松尾三佐はそれ以上何も言わなかった。

ふと、夏樹は考える——松尾三佐の疑念。確かに引っ掛かることではある。

というのも、夏樹も同じような違和感を覚えていたからだ。人々が皆、本来の彼らの年齢からすれば、それ以上に潑剌と活動しているように見えること。元気すぎるように思えること。

だが、信の言うように、死の淵から生還した者だからこそ若々しさを取り戻したのだといえば、そのとおりでもある。だとすれば、心配も杞憂なのかもしれない。

いや、きっとそうなのだ。心配など要らないのだ。夏樹は自分の心に言い聞かせるように心の中で呟くと、その疑念を、無理やり思考の外へと押し出した。

＊

研究所の敷地内をひととおり見て回ると、夏樹たちは再び研究棟へと戻ってきた。

時刻はすでに夕刻となっていた。

それまで研究棟の中にいた人々が、外に出て、いそいそと何かの準備を始めている。

「あれは、何をしているんだ？」

問う松尾三佐に、信は答える。

「準備だよ。ウェンディゴ狩りの」

「ウェンディゴ狩り？」

「ああ。狩りとは言いつつ、殺しに行くわけじゃないがな」

「何をしに行くんだ」

「注射だよ、注射」

信は、網やさすまたを用意する人々を一瞥（いちべつ）する。

「ファージ感染菌を体内に送り込めば、ウェンディゴは人間に戻る。そのために、最初はウェンディゴたちが狙う死体を利用していたが、今は十分に頭数があるから、こっちから捕まえに行って、積極的にファージを注射しているんだ」

まさに狩りだというわけさ、と信は笑った。

「ウェンディゴとは、そんな簡単に捕まえられるものなのか」

「簡単じゃあないが、コツさえつかんでしまえば、決して難しくはない」

信は、近くのさすまたを手に取ると、その先端で地面をがりがりと引っ掻いた。

「ウェンディゴたちは音に敏感だ。だからこうやって音を立てて、ウェンディゴをおびき寄せる。あとは皆で取り囲んで押さえつける」

「なるほど」

ふむ、と頷く松尾三佐に、信は言った。

「とはいえ、ここ数日は狩りも不調なんだがな」

「不調？　なぜだ？　ウェンディゴが学習しているのか」

「いや、単にウェンディゴがいなくなっただけだよ」

「いなくなった……つまり？」

「ほとんど、人間に戻ってるってことさ」

信は、肩を竦めた。

「おそらくもう、ウェンディゴはいないと思う。奴がいそうな場所はすべて探索し尽くしたからな。人間に戻る前に亡くなった人も大勢いるから、諸手(もろて)を挙げて喜べはしないが」

「そうか」

「念のため今日も狩りには向かうが、戦果はたぶん、ゼロだろうね」

信の言葉に、感銘を受けたように松尾三佐は頷いた。

その態度には、全力を挙げて感染者をウェンディゴ症の脅威から救った研究所の人々に対する、敬意のようなものが感じられた。

やがて——。

ウェンディゴ狩りに向かう人々が夕闇に消えていくと、見送っていた夏樹たちも踵を返し、そのまま研究棟の十階へと、エレベータで上がっていった。

「厚生棟には戻らないのか？」

問う松尾三佐に、夏樹は「ええ」と首を縦に振った。

「こっちにいたほうが落ち着くんです。私の研究室ですし」

「仕事場が落ち着くか。なるほど、私と同じだ。私も操縦室(コクピット)にいるほうが、気分が安らぐ」

そう言うと、松尾三佐は初めて、笑顔を夏樹たちに見せた。

——夏樹の研究室。

部屋に入るなり、松尾三佐は「失礼する」と言って、やにわに防護服を脱ぎ出した。

「いいのか。ここは別に気密室じゃないぞ？」

「構わない」

慣れた動作でするすると防護服を脱ぐ松尾三佐。白い防護服の下からは、灰色のポロシャツを着て、浅黒く日焼けした体軀が現れた。年相応に白髪の混じった頭髪は、短くきちんと刈り揃えられている。

ふう、と大きな息を吐くと、松尾三佐は言った。

「涼しいな。生き返った気分だ。……あなたがたにはわからないと思うが、この防護服は透湿性がまるでなくてね。中は蒸し風呂のようなんだ」

「自分で着て来たんだから自業自得でしょう」

苦笑しつつ、信は言った。

「でも、脱ぐ気になったということは、多少はこの場所を信用してくれたってことか」

「少なくとも、空気感染の危険性がないことは確認できた」

手早く防護服を丸め、鞄にしまうと、松尾三佐は応接室のソファに腰掛けた。

その向かいで、テーブルを挟み、夏樹と信が並んで座る。

「そういえば、松尾さん、あんた腹が減ったんじゃないか」

何か食うか、と問う信に、松尾三佐は首を横に振った。

「お気遣いは嬉しいが、糧食(レーション)がある。自分の腹は自分で満たす」

「殊勝だなあ。……だったら、これならどうだ？」

信は、ソファの裏から何かを取り出した。それは、ラベルの貼られた撫で肩の瓶。

「ワインか」

「折角だから飲んでいきなよ。経口感染も心配しなくていい。未開封だし、消毒もしてる」

「いや、しかし……」

「遠慮しなくてもいいだろ、いける口なんだろ？　ほら」

そう言うと信は、ワインの栓を開ける。

最初は固辞していた松尾三佐だったが、やがて根負けしたのか、半ば呆れたような顔で紙コップを差し出した。

「じゃあ、一口だけいただくことにしよう」

当然、一口だけでは終わらなかった。

しばらくすると松尾三佐は、顔を真っ赤にして、それまでよりも饒舌(じょうぜつ)になっていた。

そんな松尾三佐が、会話の合間、思い出したように言う。

「いや、あなたがたには、本当にすまないと感じている。心から申し訳ないことをしているという自覚はあるのだ」

「だったら、今すぐゲート封鎖を解いてほしいものだね」

嫌味を込める信の言葉にも、なおも松尾三佐は頭を下げる。

「そうしたいのはやまやまなんだ。だが……」

上官の命令には逆らえないのだ、どうかわかってくれ——と松尾三佐は繰り返した。

そんな松尾三佐の態度からは、冷徹さはすでに消えていた。おそらく、本来の彼はこういう性質なのだろう。三等陸佐という階級が、彼に厳格さを纏わせるのだ。

松尾三佐の態度に、信もわずかに同情した。

「まあ、仕方がない。あんたも結局は宮仕えだもんな」

「まったく、そのとおりだ」

さらに低く頭を下げると、松尾三佐はやや薄くなった頭頂部を見せて続けた。

「罪滅ぼしではないが、ここで見聞きしたことは、上にきちんと報告させてもらうつもりでいる。あなたがたには……いや、この研究所は、もはや危険性を有していないのだということをきちんと伝え、一刻も早くゲート封鎖が解除されるよう尽力させてもらう」

約束する――力強くそう言うと松尾三佐は、再びぐいと赤ワインを呷った。

松尾三佐の空になった紙コップに、すぐさまワインを注ぎながら、信は言った。

「しかし、まさか自衛隊が、わざわざここまで出張ってくるとは思ってもいなかった。中にいるとわからないが、外からは余程のことと捉えられているんだな。いや、それだけ危険な事態だと政府が認識したってことなのか？　まあ実際、この研究所で僕らもえらい目に遭ったわけだが」

「………………」

松尾三佐は、しばし沈黙する。

素朴な問い。いつもの松尾三佐だったならば、そのまま素知らぬ顔で黙秘を貫いただろう。だがアルコールが入った今、松尾三佐はおもむろに口を開いた。

「ABC事態が発生している。私たちが受けた最初の情報だ」

「ABC事態？」

「Aはアトミック、Bはバイオ、Cはケミカル。つまり核兵器や生物兵器、化学兵器が使用された事態のことだ」

ああ、なるほどな――と頷く信に、松尾三佐は続ける。

「直後の第二報で私たちが知らされたのは、これがB、すなわちバイオ事態であるということだった。実のところ、今に至るも我々自衛隊が知る唯一の情報であって、かつあなたがたを監視、封鎖することになった理由でもある」

「バイオ事態か。確かに細菌感染事故が起こったのだから、間違ってはいない」

頷く信。松尾三佐は、紙コップの中で真紅の液体をくるくる回しながら、なおも続ける。

「内閣総理大臣から出されたのは、研究所の封鎖命令だった。命令は建前上『研究所にいる者を、確実に敷地内に封じ込めること』というもの。だがその実、行間を読めば、命令の真意は『逃亡を図ろうとする者は、すべて殺害すること』となる」

「ひどい命令だな」

「ああ、まったくひどい。だが、下されている命令はそれのみだから、私としては、ともかく命令に従い、粛々と職務をまっとうするしかなかった」

嚙み締めるように、松尾三佐は言った。その言葉に嘘はない。結局は松尾三佐も、何も詳しいことを知らなかったのだ。

最後に、松尾三佐は大きく首を垂れた。

「だから、彼を殺害してしまったことについては、本当に、心から申し訳なく思っている」

彼——蟬塚のことだ。

蟬塚はあの夜、松尾三佐の命令により、殺害された。

もちろん、松尾三佐自身が述べたように、それは彼がさらに上から指示されていた命令でもある。しかし、いかなる事情があったとしても、人を殺害するという行為に対する良心の呵責（かしゃく）が消えるわけではない。人間性を失ったウェンディゴならともかく、ウェンディゴではない蟬塚を殺害するという心情には、どれほどの躊躇があっただろう。

忖度（そんたく）するまでもなく、その胸中は、松尾三佐の顰めた表情から、推し量ることができた。

「率直に言って、私には何もわからなかった。そんな状況で、しかし命令だけは遂行せざるを得なかったのだ。もっとも、だから私の罪が消えるわけでもない。私は、泉博士の提案を受け、命によりこうして実際に研究所の中を見て回っているが、これはひとえに、罪滅ぼしのためでもあるのだ」

松尾三佐は、伏せていた顔を上げた。

「結果として、本当によかったと思う。この研究所は、私の見る限りもう安全だ。十分に心証も持てた。約束したとおり、私ができることはすべてやらせてもらうつもりでいる」

それが、一武官ができる精一杯だからな——と、絞り出すように、松尾三佐は言った。

夏樹も信も、その言葉には何も答えられないまま、静けさだけが流れる。

ややあってから——。

おもむろに、再度松尾三佐が夏樹に問う。

「……ところで、泉博士。あなたに、確かめたいことがあるのだが」

「なんでしょうか？」

「その……失礼なことを言うようだが、あなたは本当に、泉博士なのか？」

「えっ？」

質問の内容に、夏樹は思わず目を瞬く。

私は本当に泉博士なのか？　――どういう意味だ。

「何をおっしゃっているんですか？　ちょっと意味がわからないのですけど」

「そうか、こんな訊き方しかできなくて、本当に申し訳ない。いや、まったく、どう説明したらいいものかもわからないのだが」

松尾三佐は少し戸惑いつつも、続けて言った。

「あなたも覚えていると思うが、あなたは以前、ご自身を『この件について良く知っているＤＮＡ研究者』と述べ、私を説得しようとした。だが一方、今のあなたは、むしろこの件について何も知らないように見える。だから、疑問に感じたのだ……あのときのあなたと、今のあなたとは、本当に同一人物なのだろうか、と」

「それは……」

今の自分を、何と説明したらよいのだろうか。

言葉に閊える夏樹に、すかさず信が、横から助け舟を出す。

「彼女は、記憶喪失なんだ」

「記憶喪失？」

「ああ。覚えてるか？　さっき案内した研究所の南端に、瓦礫の山があったのを」

「何かの爆発があった場所か」

「夏樹は、あそこにいたんだ。どうやら爆発に巻き込まれたらしい。そのときの衝撃で、あらかた記憶も失ってしまった」

「じゃあ、研究所での出来事も、何も覚えていないと」

「今ではほとんど思い出している。だが、まだ思い出せていない部分もある」

「もしや……泉博士のその思い出せていない記憶の中にこそ、この事案の真相がある？」

「かもしれないし、そうじゃないのかもしれない」

信は肩を竦めた。

「夏樹は核心を知っている可能性もあるし、まったく知らない可能性もある。どちらかはもちろんわからないが……いずれにせよ僕としては、もう別にどっちでもよくてね」

不意に信が、夏樹の手をぐいと握った。

「わわ」

「真相が何であれ、僕の夏樹に対する気持ちが変わるわけじゃない。夏樹の記憶に何があろうが、僕は別に構いやしないさ」

そう言うと信は、ほろ酔いの頬をさらに赤らめる夏樹に、白い歯を見せた。

「ははは……ごちそうさま」

松尾三佐は苦笑しながらも、また紙コップに口をつけた。

——やがて、ワインのボトルがすべて空いてしまうと。

夏樹は、松尾三佐を研究棟の一室に案内した。

「松尾さんは、この部屋を自由に使ってください。ベッドはありませんが、ソファに横になれます」

「ここは、使っていない部屋なのか？」

問う松尾三佐に、夏樹は言った。

「一応、元の持ち主はいるんですが、まだ戻っていないので」

まだ戻っていない。それは、ウェンディゴになったまま、どこかで死んでしまったということを意味する。だから。

「そうか」

深くは問い返さないまま、松尾三佐はただ頷いた。

「明朝、迎えに来ます。そうしたらまた、研究所内の別の場所を案内しますね」

——松尾三佐を部屋に案内し終えると、夏樹と信は、また自分の研究室へと戻ってきた。

今では、この研究室を夏樹は信と二人で使っていた。あの修羅場を乗り越えた二人には、今では友情以上の固い絆が、確かに生まれていたのだ。

ふー、と大きな息を吐いてソファに腰掛ける信。

「腹が減ったなー」

「飲んでばっかりでしたからね」

「話に夢中で、食べる暇がなくてね」

苦笑いを浮かべる信。夏樹は、缶詰を両手に持ち、信に見せる。

「何か食べる？」

「そうだね……何がある？」

「鯖、焼き鳥、あとは乾パン」

「魚と鳥かあ、どっちにするかな」

うーん――と、迷う信。そんな信が見せた些細な仕草に、夏樹は気付く。

「あれ……信さん、胸、どうかしたんですか？」

さっきから信は、しきりに胸をさすっているのだ。

「え？　ああ、別に大したことじゃないんだけど」

信は、はにかむような笑みを見せて言った。

「ちょっと、胸がね。動悸がするんだ。飲み過ぎたのかな？」

「平気？」

「まあ、どうってことないさ。このくらいは……あ、いや」

信は少しだけ顔を顰めた。

「……やっぱり、ちょっとしんどいかもしれないな」

ちょっと横になるよ――そう言うと、信は眉間に皺を寄せたままその場に横たわった。

「信さん、大丈夫？　本当に平気なの？　向こうでゆっくり寝たほうが……あっ」

気付いたときには、信はもう、すうすうと寝息を立てて眠っていた。

ウェンディゴ症が研究所内に蔓延し、ウェンディゴたちと戦ってから一週間。人々が正気を取り戻すために奔走し続けた信にも、さすがに疲労が蓄積しているのだろう。

信の身体に、夏樹はそっと毛布を掛けてあげた。

だが――。

後になり、夏樹は思い知った。

このとき信が訴えていたもの──「動悸」

それこそが、奇妙な変化の最初の兆候だったということを。

*

次の日。

すでに人々の間で、その訴えは口端に上っていた。

いわく、少し動いただけで、身体中に疲労感が溜まる。

いわく、心臓が、締め付けられるように苦しい。

いわく、関節が痛み、油が切れているように曲がらない。

いわく、視界が狭まり、目も霞む。

それは最初、一部の人々のみが「別に、大したことではないのだけれど」という前置きで言う程度の、ほんの些細な疑念だった。だが、その次の日には、人々の大半がそれを訴え、さらに次の日には、明らかに異常だと思えるほどの苦痛を伴うものとなっていた。

その頃には、単なる訴えや自覚だけではない、見て分かる外見の変化さえも現れ始めていたのだ。つまり。

髪の毛に混じり、増えていく、白いもの。

額に、目尻に、そして口の周りに放射状に刻まれる、深い皺。

落ち窪んでいく眼窩と、黄色く濁っていく瞳。

次々と、前歯から順に抜け落ちていく歯。

そして、明らかな機能低下。

耳が遠くなり、会話が困難になる。運動が億劫になり、その場から動くことさえできなくなる。考えることが嫌になり、思考が鈍る。筋肉は衰え、四肢は枯木のように細くなる。物を咀嚼することが困難になり、流動的な物しか受け付けなくなる。

何もかも、すべてが急激に衰えていったのだ。

この期に及び、夏樹はようやくこの異常の正体が何なのか理解した。

人々が、急速に老いているのだ。まるで一日が一年、いや十年でもあるかのように。

しかもそれらの変化は、夏樹と松尾三佐を除くすべての人々に現れていた。

もちろん彼――信も、例外ではなかった。

彼女にとって最愛の人もまた、急激に老いていたのだ。

＊

——あれから、四日が経過していた。

事態は、逼迫していた。

今、彼女の目の前に横たわるのは、ひとりの老人。

懇願するように、夏樹は老人の名を呼んだ。

「……信」

だが信は、目脂だらけの瞳を天井に向けたまま、ぜえぜえと喘ぐのみだった。

彼にはもう、夏樹の声は届かない。耳がほとんど聞こえなくなっているからだ。

夏樹の目を見つめることもない。酷い白内障に冒されているからだ。今まさにその場所で覗き込んでいる夏樹の姿でさえ、信はもううっすらとした影でしか知覚できずにいるのだ。

それだけじゃない。

白髪さえもほとんどが抜け落ちた頭皮。砂漠の風紋のような不規則な皺。歯がすべて抜け落ちた口蓋。手足は枯木のごとくに細く、からからに乾いた皮膚は粉を吹く。もはや立ち上がることも叶わず、咀嚼もできず、言葉を発することさえ億劫そうに、ただ横になって喘ぐ、死相の浮いた老人——それが、夏樹の最愛の人の、変わり果てた姿だったのだ。

そんな劇的な変化が、あまりにも突然に、ものの数日で起こった。

だから夏樹には、なす術もなく、ただ彼のことを見ているしかなかったのだ。

しかし——一体、信になぜ突然こんな変化が起こってしまったのだろう？

どうして突然、信は老人と化してしまったのだろう？

呆然としつつも、夏樹は、思い当たる理由をいくつも検討した。

——もしや、ウェンディゴ症が身体に過度の負担を掛けたのだろうか？

——あるいは、ファージ感染菌による副作用が起きているのだろうか？

——それとも、まったく新しい感染症が何か発症しているのだろうか？

ひとつめの仮説は違う、と夏樹は結論付けていた。ウェンディゴ症の負担が最も大きく現れるとすれば、それはウェンディゴ症から復帰した直後のはずだ。そのときには何ともなかったのに、その後徐々に老化が進んでいくというのは、理屈に合わない。

では、二つめの仮説はどうか。もちろん可能性は否定できないが、限りなくゼロに近いと思われた。なぜなら、ファージを感染させた菌は元々人体に無害なごくありふれたものだったし、ファージそのものも、特定の菌に対する攻撃性はあっても、人体には影響がないからだ。

だとすれば、三つめの仮説が正しいということになるのだろうか。

いや、それこそ考えづらい、と夏樹は首を横に振った。前触れもなくいきなり新感染症が出現するなど、もっとも想定しづらいことじゃないか。

結局、原因がわからないまま、夏樹は、信の老化が日に日に進むのをただ、指をくわえて見ているしかなかったのだ。

「わからない、どうして？　なぜこんなことになっているの？」

追い込まれ、夏樹は頭を抱えるしかない。

ふと、彼女の背後に誰かが立った。

「……泉博士」

振り返る夏樹。松尾三佐だった。

信の老化現象と戦う夏樹の近くにありながら、しかし彼女を邪魔することなく、じっと見守り続けてきた男。研究所に突如として襲い掛かったこの恐るべき事態、人々が次々と老衰で死んでいくのを観察し続けてきた、傍観者。

「……松尾さん」

涙声になりつつも、夏樹は松尾三佐に縋るように言った。

「教えてください、一体、ここで何が起こっているんでしょうか……どうして皆は、信は、こんなふうになってしまったんでしょうか」

「………」

だが、松尾三佐は何も答えず、ただ眉間に皺を寄せた。

見るからに険しいが、一面では怯えているようにも見える、複雑な表情。

夏樹は思う——百戦錬磨の自衛官である松尾三佐でさえ、きっと、この急転直下の事態が何を意味するものなのかがわからず、混乱しているのだ。

やがて松尾三佐は、無言のまま背を向けた。

「松尾さん、ど、どこへ行くんですか？」

「部隊へ戻る」

「まさか、私たちを見捨てる？」

「いや」

ちらり、と松尾三佐は夏樹を一瞥した。

「見捨てはしない。話をしに行くのだ」

「……話？」

松尾三佐は、「そうだ」と小さく頷いた。

「人間があっという間に衰弱し、ものの数日で死に至る。この場所では今、まったく不可解な現象が起こっている。あまりに得体が知れない事象だ。しかも、バイオ事故というよりも、それとは別の、何かまったく新しい災厄だとでも言うべき、何かだ。だが……」

息を継ぐと、松尾三佐は続けた。

「今ここで起こっていること自体は、端的な説明ができる。すなわち、『老化』だ。老化であれば、我々の医学はいくつかのノウハウも持っているはずだ。つまり……」

「……つまり？」

「助けられる余地があると考える」

「助けてくれるんですか？　どうやって？」

「まさに、その話をしに部隊に戻るのだ」

再び背を向けると、松尾三佐はぶっきらぼうに言った。

「あなたにも、ついてきてほしい」

「私に、ですか」

「そうだ。私では的確に説明できないかもしれない。専門家であるあなたの力が必要だ。頼めるか」

「…………」

どう答えるべきか。逡巡しつつ、夏樹は信を見る。

苦しげな彼の姿。夏樹は逡巡する。信を見捨てて、私は松尾三佐と同行していいのか？

だが、すぐに夏樹は思い直す。私がただここにいたところで、信のためにできることなど、見守ることくらいしかない。ならばむしろ、可能性に賭けたほうが賢明だ。

だから夏樹は、決意とともに頷いた。

「わかりました。私も同行します」

＊

正門のゲートまで、松尾三佐とともに走っていく。

幅の広い道は、夏樹の知る数日前より、少しだけ蒸していて、少しだけ暑く、少しだけ強い日差しの照り返しがあった。ここのところの異常事態に、研究棟と厚生棟以外に足を運んでいなかった夏樹は、今さら夏の到来を感じた。

やがて、ゲートに辿り着く。

ゲートの向こうには、今も戦車隊が待ち構えている。

日本が誇る陸上自衛隊の精鋭。律儀な彼らは、夏樹たちの姿を見つけたのだろう、すばやく巨大な筒先を夏樹たちに向けた。

松尾三佐が、右手を上げた。

「松尾だ！　今帰還した、照準を外せ！」

大声を張り上げる。

さすが、ひとつの隊を背負うだけのことはある。松尾三佐の声は朗々とよく響く。

だが、戦車の砲台は動かない。

「……どうした？　照準を外せ！」

片目を細めつつ、なおも怒鳴る松尾三佐。

それでも、まるで拒絶するかのように、戦車隊は筒先を松尾三佐に向けたまま、微動だにせず、ぴりぴりとした緊張感だけを発し続けている。

おかしいぞ、どうしたんだ――松尾三佐が眉を顰めた、そのとき。

キンと耳障りなハウリング音とともに、誰かがスピーカーから話し掛ける。

『……松尾三佐でありますか』

「そうだ。その声は、嶋田か」

『はい、嶋田一尉です』

「そうか。ならば嶋田、今すぐ照準を外して、封鎖を解いてくれないか」

『それは……できません』

「……なんだと？」

松尾三佐が目を細めた。だが嶋田一尉は、なおもハウリング音とともに告げる。

『三佐の部隊への帰還は、現在認められていません。そちらにおられる研究所関係者もです。お二人をこちらへお通しすることはできません』

「ちょっと待て、お前は自分が何を言っているか、わかっているのか？」

苛立つように、松尾三佐は一歩前へ、足を踏み出す。

同時に、ぴゅんぴゅんという軽い音とともに、松尾三佐が踏み出した右足から正確に二メートル先に、二つの土埃が上がる。

ライフル銃の着弾――威嚇の銃撃だ。どこから狙っているかはわからないが。

　ぴたりと足を止めた松尾三佐に、嶋田一尉は警告を続ける。

『それ以上近付いてはいけません。近付けば、三佐を撃たねばなりません』

「む……」

　唸る松尾三佐。

　それでも彼は、部隊長らしい冷静さで、戦車部隊に真っ向から問い返す。

「状況がわからない。なぜ私が帰還を拒否されるのか。貴様が説明しろ」

『……すみません。上からの命令です』

「命令？　どんな命令だ」

『すべての研究所関係者を封じ込めろ。違反する者は射殺して構わない。そして、研究所関係者には、松尾三佐も含む、と』

「私が研究所関係者？　なぜだ、私はそちら側の人間だぞ。ここに入ったのも、命を受けてのはずだ。それが、どうして」

『………』

　答えない嶋田一尉に、やがて松尾三佐は、歯軋り（ぎし）りをしつつ言った。

「そうか……わかったぞ。これは、初めから体のいい尻尾切りだったのだな？」

『………』

「そのことを貴様も知っていた……そうなのだろう？　嶋田一尉」

『本当に……本当に、申し訳ありません、三佐』

スピーカー越しにも感じられる、良心の痛み。

それでも、嶋田一尉は、それすらも任務だとばかりに、断言した。

『しかし、上の命令は、絶対なのです』

「そうか……むう」

さすがの松尾三佐も、しばし呻いていたが、やがて再び問いを投げる。

「上からの命令とは、具体的に誰の命令なんだ」

『……内閣総理大臣です』

「……総理か」

松尾三佐は、僅かに項垂れる。

そんな彼に、嶋田一尉は言った。

『申し訳ありません。松尾三佐』

端的だが、おそらくは彼の心情を最も素直に表した言葉だった。

松尾三佐は、顔を伏せたまま、「いいんだ」と片手を上げた。

「それも命令だ。貴様はそのまま部隊の指揮を執り、職務を適切に遂行しろ」

『はっ』

それきり、スピーカーの音声は、ぷつりと切れた。

小さい溜息を吐くと、松尾三佐は夏樹に、険しい顔で振り返った。

「すまない。私もあなたがたと同じ立場になってしまったようだ」

「…………」

夏樹は――松尾三佐をこの場所に巻き込み、虜にしてしまった張本人である彼女は――どんな言葉を返すべきかがわからず、沈黙しているしかなかった。

やがて松尾三佐は、呟くように言った。

「だが、考えねばなるまいな……この状況、何とかしなければ」

その言葉――。

夏樹の脳髄に、電気が走る。呻きとともに、思わず額を押さえた。

何とかしなければ――そうだ、私があのとき呟いたのも、確かに、この言葉だったのだ。

かつてこの場所で、私は今と同じ状況に巻き込まれた。それは、まさしく「絶望的」なもので、しかもその原因は私にあった。私が「とんでもないこと」をしてしまったからだ。

だから私は、いつまでも呟いていたのだ――「何とかしなければ」と。

「……どうかしたのか？」

突然顔を伏せた夏樹を気遣う、松尾三佐。夏樹は慌てて首を横に振った。

「あ、いえ、何でもありません」

だが、表情に嘘はつけても、心は誤魔化せない。

思い出してしまったからだ。この状況はやはり、私が招いたものなのだということを。

もちろん、わからないことは残っている。すべての記憶が蘇ったわけではない。

それは、核心であればあるほど、いまだ固く閉ざされた扉の向こうで沈黙しているのだ。

だからこそ、なお夏樹は不安を覚えた。その中に一体どんな真実があるのか、と。

私はかつて、何を見て、何を聞き、何を思い、そして何を忘れたのだろうか、と。

大股で歩く松尾三佐を追いながら、夏樹はただ、怯え続けている――。

＊

日を追うごとに、次々と人々が死んでいった。

ある者は心臓発作を起こし卒倒した。ある者は肺炎を起こした。しかしその全員が一様に、老衰で苦しみながら命を落としていったのだ。

彼らの墓を作る暇さえなく、その亡骸はいつしか敷地の片隅に放置されるようになっていた。それでも死んでいく人々がいなくなるわけもなく、気付いた時には、百人を超えていた仲間たちも、両手にも満たない程度にまで減っていた。

生き残った者でさえ、瀕死だった。見た目はすでに百歳を超え、動くことも、話すことさえままならず、もはや生きる屍でしかなかった。

信もまた、そのひとりだった。

最後の二十四時間、夏樹は彼の看病を付きっ切りで行った。

幸いなことに、松尾三佐はここのところ、埋めて墓を作るという作業に没頭していたから、夏樹と信の時間は、いつも二人きりだった。

夏樹は信の手を握りながら、絶え間なく彼に話し掛けた。

信はその都度「ああ」「うう」と、返事とも呻きともつかない声を発した。もはや夏樹の手を握り返すこともなく、濁った瞳で天井を見上げ続けるだけ。寝返りを打つことさえままならない、寝たきりの老人。でも——それでも夏樹は、信にいつまでも傍にいてほしかった。

信にいつまでも、生きてほしいと願った。

こんなに老いてしまっても、やはり信は、夏樹を救ってくれた最愛の人だったからだ。

だが――。

運命には、抗えない。

夜が明け、東の空が白むころ。信の脈拍は、徐々に力を失くしていった。

必死で彼の身体を揺らす夏樹。だがその身体も、少しずつ熱を失っていく。

「頑張って、信！」

「ねえ……だめ、行かないで……信」

夏樹は声の限りに、信の名を呼び続けた。

彼の手を、しっかりと握り締めた。

そして、太陽が東の山嶺から顔を出したとき。

おそらく最後の力を振り絞ると、信は、ゆっくり夏樹に顔を向け、乾いた唇を震わせた。

「……夏……樹……」

枯れ葉が擦れあうような、微かな声。

「なに？　信、どうしたの？」

「ほ……本当に……あ……」

ほんの少しだけ、口角を上げると、信は――。

「あり……がとう」

――それきり、目を閉じた。

ふわり、と日光が差し込む。僅かな窓の隙間から、朝のひんやりとした風がそよぐ。

その、柔らかな光と、爽やかな風に包まれながら――。

信は、呼吸を止めた。

「信？　……信？　信！　ねえ、起きて信！　だめ、行っちゃだめ！」

夏樹の必死の呼び掛け。

だが信は、もう二度と目を開けることはなかった。

Phase V

真南で輝く太陽が、時折雲に隠され、日陰を作っていた。

朝から続けていた作業も、もうすぐ終わろうとしていた。

肉体を酷使する作業。身体に当たる初夏の風は、湿り気を帯びあまり気持ちよくはない。

だが夏樹は、そんなことはもはや、どうでもよかった。

今、彼女は、ただただ疲労していた。

何もかもが嫌になるほど、憔悴していた。

それでも彼女は、またスコップで土を掬う。そして目の前の穴を、少しずつ埋めていく。

終始無言のまま、ただひたすらその作業に没頭する。

——やがて、穴をすべて埋め終えると、夏樹は、その上に石と、花を置く。

どこにでもある縦長の石。名前もわからない花。

こんなものが、何の弔いになるというのだろう。

だが、ここには線香の一本さえない。今の夏樹が彼のためにできることは、それしかなかったのだ。だから。

「本当に……本当に、ありがとう……」

信を葬り終えると、そっと手を合わせ、夏樹は、呟くように言った。そして――。

ごめんね、信。

その語尾はひどく湿っていて、声にさえならなかった。

*

「……もういいのか」

涙が伝う頬を拭いつつ研究棟へと戻って来た夏樹に、松尾三佐が問う。

頷く夏樹に、今では無精髭(ひげ)を頬から下一面に生やした彼は、壁に凭れたまま続ける。

「黒崎君のことは、残念だった」

「…………」

「彼がいてこそ、この研究所はここまで復旧できたと言っても、過言ではないだろう。それがまさか、こんなことになろうとは……あなたの胸中は察する」

ええ——とだけ答え、洟を啜る。きっと今の自分は、真っ赤な目をしているに違いない。

正直に吐露すれば、苦しくて仕方がなかった。

何もかも諦めて、自暴自棄になってしまいたかった。

でも、弱音を吐くことさえできないことも、わかっていた。だから。

「……大丈夫です」

そうとだけ、夏樹は平板に答えた。

「無理をしていないか？」

「している……ええ、無理はしていると思います。だけれども、めげている暇はありません。今の私には、無理をしてでもしなければならないことがあるんです」

「……脱出か」

無言のままの夏樹。一拍を置いて、松尾三佐は続けた。

「ならば私からは、無謀に過ぎるとだけ助言しておく。自衛隊の中でも、あの部隊の鍛え上げ方は半端ではない。まさに鉄壁。かい潜ることは不可能だ」

「隊長である松尾さんでも、無理ですか」

「むろん」

松尾三佐は、即答した。

皮肉なことだ——と夏樹は思う。あの部隊をそこまで鍛え上げたのは、おそらく他でもない松尾三佐なのだから。

だが、自信を持った頷きもまた、松尾三佐の自衛官としての矜持なのだろう。

「……とにかく、強行突破は不可能だというわけですね」

「そうだ。自暴自棄になっているのならば、考え直したほうがいい」

「ご忠告、ありがとうございます。……でも」

礼を述べつつ、夏樹は口角を僅かに上げた。

「私がしようとしているのは、そういうことじゃないんです」

違うのか、と訝しげに片目を細める松尾三佐。夏樹は言う。

「ここを脱け出すよりも先に、私にはすべきことがあります」

「すべきこと、とは」

「……真実を知ること」

眼差しを松尾三佐に向け、夏樹は続ける。

「研究所に現れたウェンディゴ。彼らの正体は、原因菌の感染者でした。だから私は……いえ、私と信は、その原因菌を死滅させるファージをばら撒いたんです」

「彼らを再び人間に戻そうとした。現に、それは成功した」

「ええ。ファージは、確かに私たちの思ったとおりに働き、彼らは次々と人間に戻っていきました。これで事態は収束したと思われたのです。しかし……」

「突然、老化が始まった」

「はい。訳がわからないうちに、皆は……信も……急激に老衰を始め、そして死にました。原因はわかりません。ウェンディゴ症の後遺症か、ファージの副作用か、新しい感染症なのか。ほとんどが不明です。でも……ようやく気付いたんです。はっきりとしていることが、ひとつだけあったと」

「それは、何だ」

「この私が、いつも事件の中心にいるということです」

「……泉博士がか」

「ええ。そしてこのことは、考えるまでもなくひとつの事実を示唆します」

「この惨劇の『原因』に、あなたが関わっているのではないか」

「そのとおりです」

ううむ、と唸る松尾三佐に、夏樹はなおも続ける。

「だから私は、決めたんです。もし私が『原因』に関わっているのなら、私は、すべての責任も引き受けなければならない。責任があるのなら、せめてその『原因』を突き止めなければ……いえ、『思い出さなければ』ならないんです」

「……思い出す。あなたが喪失している記憶の真実をか」

「はい。私がこの研究所で一体何をしていたのかを」

「なるほど。よくわかった。だが……おそろしくはないのか。真実を知ることが」

「覚悟は、できています」

夏樹は、ゆっくりと首を縦に振った。

ふむ——と頷いたきり、しばし黙する松尾三佐。やがて彼は、おもむろに訊いた。

「……君は、真実を知るためにどうするつもりなのか」

「向かいます」

「向かう？　どこへ？」

問う松尾三佐に、夏樹は決意の眼差しとともに答えた。

「……被験者棟。あの爆破跡へ」

＊

研究所の南端に位置する被験者棟。

爆発により今では瓦礫ばかりのその場所は、夏樹が最初に目を覚ましたところでもある。

そこへ今、彼女は、松尾三佐とともに向かっていた。

夏樹は気付いていた。被験者棟は、夏樹がＤＮＡの臨床研究を行う場所だったことを。毎日のように通い、何かの実験を行っていたことを。そんな夏樹が、爆発の後、最初に目を覚ましたのがあの場所だったことを。

つまり――まさにあの場所にこそ、いまだ隠されたままの最後の記憶がある。

だから夏樹は、向かっていたのだ。その場所に。

だが、足取りは重い。

あの場所には、知りたいことがあると同時に、知りたくなかったこともあるに違いないからだ。

葛藤の中、夏樹は無意識に、天を仰ぐ。

雲ひとつない青空に、太陽がぎらぎらと輝いている。そこにはもう、あの優しく包み込むような春の長閑な日差しはない。彼女を急き立てるかのような容赦のない光線が、夏樹の肌を突き刺すのみだった。

やがて、夏樹たちは辿り着く。

眼前にあるのは、瓦礫。すでに火の気はなく、代わりに錆びた鉄筋と、鋭利なガラス片と、煤けたコンクリートの塊とが、無残な姿をあらわにする。

夏樹は、推測していた。

自分はきっと、この被験者棟のどこかに、さまざまな記録を残しているだろうということを。なぜなら第一線の研究成果は、研究室のパソコンの中にはなかったからだ。

つまり、この場所にこそ知りたいことがある。

右手に瓦礫を仰ぎ見ながら、ぐるりと建物跡を回り込むように、歩を進める。

「まるで戦場だ。どうしてこんな爆発が起きたんだろうか」

飛び散る建物の破片を、慎重に避けて歩く松尾三佐。

夏樹は答えない。内心、もしかしたらその原因を私が一番よく知っていたのかもしれないと思いつつ。

被験者棟の西の端に辿り着く。

損傷の激しい建物から、風が吹くたび、がらがらと音を立てて何かが崩れ落ちている。

明らかに危険だ。だが見たところ、中に入れそうな箇所は、ここにしかない。

「……危ないぞ。全てが燃えて灰になっているだろうが、それでも行くのか」

松尾三佐も夏樹を気遣う。だが彼女は、前を見たまま「もちろんです」と答える。

「この奥にこそ、私の求めるものがあるはずですから」

「わかった」

そう答えるとわかっていたとでも言いたげに、松尾三佐は頷いた。

――二人は、薄暗い瓦礫の中へと足を踏み入れる。

何かが、からん、からんと周囲で転がり、壁の奥でぴしりと割れる不穏な音が響く。

足の下で、粉々になったガラスの破片が、ぱりぱりと爆ぜる。

自分の呼吸音が、周囲に反響し、誰かに耳元で囁かれているように錯覚する。

と同時に、腐敗臭が鼻を突く。ここにいた人々の死体が放つものか。

奥に進むにつれ、辺りは見る間に暗くなっていく。松尾三佐が、無言で装備品の小型懐中電灯を取り出すと、小さな白い光輪を壁面に点した。

一歩、一歩。

その安全を確認しながら、なおも進んでいくと、不意に周囲の空間が広がる。

懐中電灯の光を四方に投げる。光はすぐ目の前で小さな輪を作ったかと思えば、はるか向こうでぼんやりとした大輪を描く。

「……ここは、残ってたんだ」

被験者棟の中央を走る廊下。瓦礫に埋もれても、その空間はいまだ洞穴のように続いていた。

忙しなく懐中電灯で周囲を照らしながら、松尾三佐は答える。

「両脇に柱が多い。だから崩壊は免れたのか。さて……どこへ向かう？」

松尾三佐の問いに、夏樹はごくシンプルに答える。

「……上へ、行きます」

自分はいつも最上階、三階にいた――そんな覚えが、うっすらとある。

上か――小声で呟くと、松尾三佐は懐中電灯の光を、眼前の一点で止めた。

「ここに、階段がある」

「上れそうですか」

「崩落しかけているが、行けなくはない。安全は請け負えないが」

「行けるなら、行くだけです」

考えるよりも先に、夏樹は階段を上る。

ぼろぼろの踏面（ふみづら）。何かの破片を踏み抜かないように注意しながら、上へと進む。踊り場で折り返し、二階へ。だがさらに折り返すと、その行く手には――。

巨大な瓦礫。松尾三佐が呟く。

「……さすがに、三階へは行けないか」

だが夏樹は、即座に首を左右に振る。

「いえ、行きます。行けます」

「行くと言っても、どうするつもりだ」

「隙間があります。そこから上へ」

瓦礫にはまだ、小さな隙間がいくつか見えた。そこを潜り抜ければ、まだ上に行ける。

「危険だ、やめておけ。少しでも瓦礫が動けば、それだけで身体を潰されるぞ」

松尾三佐が、夏樹の肩を押さえて忠告する。だが彼女は、松尾三佐の手を振り切った。

「危険なのはわかっています。でも行かなきゃ」

「しかし、私は一緒には行けないぞ。瓦礫の隙間が狭すぎる」

確かに、分厚い胸板を持つ松尾三佐の身体では、あの瓦礫の隙間は通れない。

にこりと微笑むと、夏樹は言った。

「でしたら、松尾さんはここで待っていてください」

「本当にいいのか？　あなたひとりでは……」

「大丈夫。目的のものを見つけられたら、すぐに戻ってきます」

「…………」

松尾三佐はそれきり、何も答えない。

代わりに、これが返事だとでも言うように、懐中電灯をそっと夏樹に手渡した。

無言の激励。そう判断した夏樹は、「ありがとうございます」と礼を述べると、
瓦礫のごつごつした隙間に、さらに奥へと身体を捩じ込んだ。

＊

瓦礫の間を縫うよう、崩落して足場にもならないような不安定な階段を上ってい

く。

何度も頭をぶつけて、肘や膝を強かに打ちつけても、懐中電灯を手に身体が滑り込めるスペースを見つけては、そこを上へ上へと進んでいく。

悪戦苦闘の後、ようやく三階に辿り着く。

真っ暗で、瓦礫の散らばる場所。廊下だろうか。ひんやりとした空気と、饐えた臭い。ともかく夏樹は、勘だけを頼りに、その周囲を探索し始める。

あるとすれば、ここだ。ここには何かがあるはずだ。

とはいえ、足元に転がるのは、瓦礫の破片ばかりだ。

それでも、辺りを這うように、夏樹は探索を続ける。

ふと、頭に不安が過る——本当に、夏樹が探しているものはここにあるのだろうか？

もしや私は、ただ向こう見ずに行動しているだけなのじゃないだろうか。無関係の松尾三佐まで巻き込んで。

だがすぐに、夏樹は何度も強く頭を振ると、そんな思考を脳の中から追い出す。

弱気になるな。ある。絶対にある。

探し物は、絶対に見つかる。

なぜなら、不安を覚える一方で、妙な確信も当たり前のごとくに持てたからだ。

まるで、以前はありありと、そのことを知っていたかのような――。

だから夏樹は、不安をぐっと呑み込むと、ひたすら無心に、それを探し続けた。

そして――。

――何十分、いや、何時間、経っただろうか。

「……あ！」

夏樹は思わず声を上げた。

ようやく、小さなコンクリート片の下に、「それ」を見つけたからだ。

「それ」とは、一冊のノート。

ぐちゃぐちゃに曲がり、水に湿ってはいるが、辛うじて破れることなく形を留めている。

「あ、あった……」

記憶はない。にもかかわらず、確かに見覚えがある。

間違いない、これだ――夏樹は震える手で、そのノートを拾い上げる。

ずっしり重く感じるのは、ノートが水を吸っているからか、それとも朝からの作業で身体が疲れ切っているからか。だが、そんなことには構わず、夏樹は、懐中電灯の一端を口に咥(くわ)えて手元を照らすと、その場でノートを開いた。

ぱりぱりと、剝がれたページが音を立てる。

そのページに記された、自身の手による記録。それを読んだ夏樹は――。

「……あ、あああ」

長い呻き声を漏らした。

夏樹の頭の中で、今、世界がぐるぐる回っていた。

何が起こったのか、何が原因なのか、今のこの事態は何の結果なのか、そもそも自分はどう関わっていたのか。すべてが、ここには書かれていたからだ。

夏樹にはもう、わかっていた。それ以上読むまでもなく、思い出してさえいた。

すべてを――真相を――そして――。

自分の、罪を。

だから――。

「ああ、ああ、あああああ……」

呻きは、いつしか悲鳴にも似た嗚咽に変わる。

手が、声が、身体が、ぶるぶると震えて止まらない。

夏樹の中ですべてが震盪(しんとう)し、耐えがたいほどの困惑が一気に襲い掛かってきた。

後悔とともに吹き出すのは、封印されていた記憶。そのすべてを知り、思い出し、夏樹は——自身の存在そのものがあやふやになるほどの動揺に襲われ、愕然としながら——。

回想していた。

私——泉夏樹という研究者が、この研究所で、何をしたのかを。

＊

「私にとって価値があるのは、その研究だけだからだ」

あの日——研究テーマに関する制限なし、予算の制限なし、設備も必要なものを提供する。平成製薬の社長、古宇田繁樹は、信じられない契約条件を夏樹に出した。

夢のようなオファー。夏樹は飛び上がるように喜んだ。だが、同時に訝りもした。なぜこの男は、そんな好条件を提示するのだろう。海の物とも山の物とも知れない私に。

困惑する夏樹に、意味深な笑みを浮かべながら古宇田が言ったのが、冒頭の言葉だった。

よく、意味がわからなかった。

確かに、平成製薬の開発に貢献できるだけの能力を、私は持っているだろう。とはいえ、そこまで破格の待遇に見合うものでは、ないのではないか。

だが、後になり、夏樹ははっきりと真相を知った。

古宇田もまた、まさに不老不死を求めていたのだ。

だから古宇田は、買ったのだ。夏樹を、そして夏樹の持つ能力と、情熱を——。

——二十年前、古宇田の妻は、三十代の若さでこの世を去った。乳癌だった。

愛する人を亡くした古宇田もまた、そのときから、死の理不尽さに抗うべく——

つまり、夏樹と同じ理由で——不老不死を求めるようになった。

自らが社長を務めていた古宇田模範堂を一流企業にまで育て上げると、十分な資金力を得て、研究所を設立した。金、モノ、とくれば、あとは人だ。古宇田はひたすら、優秀な研究者を探し続けた。

その過程で見出されたのが、夏樹だったのだ。

夏樹は、古宇田が探し求めていた人材に不可欠な二つの要素を兼ね備えていた。

すなわち、研究を遂行できる卓越した「能力」、そして不老不死に対する「情熱」。

まさに夏樹は、古宇田にとって唯一無二と言っていい人材だったのだ。

　こうして――。

　夏樹は、平成製薬研究所のＳＲ班主任研究員となり、奥神谷村でただひたすら、一心不乱に研究に没頭する生活を送ることとなったのである。

　しかし、それは苦難の道でもあった。

　誰からも理解されない研究。時に非難され、時に揶揄され、決して褒められることのない、孤独な研究生活。

　それでも夏樹は、それこそ我が道と心得ていた。我が道――つまり、バイオテクノロジーの究極の目的にして、人類の最後の夢を目指す道を進めるのは、私しかいないのだ、と。

　何よりも、庇護者にして唯一の理解者である古宇田の存在が、彼女に力を与えた。古宇田はいつも夏樹を励まし、ありとあらゆる援助を惜しまなかった。だから夏樹も、それに応えるべく努力を重ねたのだ。

　成果を出そう――父のために、そして同志である古宇田社長のために、と。

　今にして思えば、このとき夏樹は、三十歳も年の離れた古宇田の姿に、亡くなった父を見ていたのかもしれない。

　そして夏樹が、盆も正月もない、修行僧のような研究生活の日々に没頭するようになって、三年が経過したとき。

遂に、発見された。

不老不死の鍵。変異した細菌でも、細菌を冒すファージでもない、意外なところから見つかった、それは――。

新種の、原虫だった。

＊

原虫。

単細胞の微生物のうち、病気の原因となるものが、そう呼ばれている。

細菌と混同しやすいが、原虫は、細菌とは異なる真核生物だ。運動性を持つが、菌糸のような構造はなく、代わりに体内に核という構造を有している。

原虫がもたらす感染症で最も有名なのは、マラリアだ。

ハマダラカを媒介して感染する病気で、高熱や頭痛、酷いものでは意識障害や腎不全を引き起こし死に至る。今なお世界で年間三億人の罹患者を発生させる、凶悪な感染症だ。

このような、細菌とはまったく異なる種である原虫の新種を、主として細菌研究を行う夏樹が見つけたというのは、不思議なことだったのかもしれない。

だが原虫も細菌も、どちらも顕微鏡の向こうにいる生物だ。大枠では類似の生物であり、だからこそ夏樹は、その原虫を発見できたのだろう。

いずれにせよ、夏樹は確かに発見したのだ。

特殊な酵素「ψ（プサイ）テロメラーゼ」を分泌する性質を持つ、その原虫を。

酵素——触媒ともいう——とは、特定の化学反応や生物反応を促進する物質だ。ごく少量でもそれがあれば反応は爆発的に進み、かつその物質はまったく消費されない。

ψテロメラーゼも、ごく少量で「テロメア」を爆発的に修復する機能を持つ酵素だった。

テロメアとは、DNAに存在する末端構造だ。DNAは言うまでもなく、二重螺旋を持ち、そこに生物の全遺伝情報を記録する、言わば生物の設計図だが、一方、その構造は一次元的なひものようなもので、始端と終端を持っている。

テロメアは、端部に存在する構造として古くから知られていたものだが、長い間、一体それが何のために存在するのかがわからない、謎の構造でもあった。

ようやくテロメアの機能が明らかになったのは、近年のことだ。実はテロメアは、細胞のある重要な性質を司っていることがわかったのだ。

研究により判明したのは、テロメアが、細胞分裂とともに徐々に短くなるということ、そして十分にテロメアが短くなったとき、もはや細胞は分裂しなくなり、死を迎えるということ。要するに、細胞はテロメアによって、複製の回数を制限されているのだ。

このことから、研究者はある仮説を打ち出した。

テロメアとは細胞の寿命を司る機構なのではないか。

テロメアの短縮こそが、老化の本質なのではないか。

そして同時に、かつ当然、誰もがひとつの考えへと思い至った。

ならば、テロメアを修復できれば、老化を防ぐことができるのではないか。

生物があまねく不可避の死さえも克服できるのではないか。

そう、テロメアこそが、人類の不老不死の鍵となるのではないか。

しかし、話はそう簡単にはいかなかった。なにしろこれはミクロの単純化された世界の出来事でしかない。テロメアを修復すれば不老、いや不死が可能なのだと理屈では解明できても、その実現は、事実上不可能に近いことだったのだ。

だが今や、夏樹が、その不可能を可能へと変えつつあった。

なぜなら、彼女が発見したψテロメラーゼこそ、ごく少量存在するだけでDNAのテロメアを劇的に修復する、夢の酵素だったからだ。

そして、夏樹が発見したψテロメラーゼを分泌する原虫——夏樹はこれに「不老不死原虫」と名付けた——こそが、不老不死を実現する手掛かりとなるのだ。

夏樹は興奮した。遂に私は、神の摂理を覆す発見をしたのだと。これで私は、父の仇を討てる、人類の進化に貢献できる、神を超えることができる、と。

「……素晴らしい、これこそ、私の求めていたものだ」

報告を受けた古宇田もまた、夏樹の研究室で顕微鏡を覗きながら、そう感嘆した。

「君の研究に価値がある、君ならばやってくれるだろうと思った私の目に狂いはなかった。泉君、君の成果は私の想像以上のものだった……本当によく頑張ったな」

にこり、と微笑む古宇田。その優しい眼差しに、はにかむ夏樹。

唯一にして最大の同志である、古宇田。夏樹はいつしか、彼に父の面影を重ねていた。そして古宇田の寄せる期待もまた、夏樹の寄せる思慕と同様、すでに父娘のそれに近しいものとなっていたのだ——。

「あとは、実用化のみだ。あと一息頼むぞ、泉博士」

古宇田の熱のこもった言葉。

夏樹もまた、ここからが正念場だと考えていた。なぜなら、不老不死の実現にはまだ、大きな壁があったからだ。

それは、いかにして人体のＤＮＡにψテロメラーゼを作用させるかという難問だった。

ψテロメラーゼは極めて不安定な酵素であり、抽出してもすぐに分解されてしまう。その弱点を克服すべく、さまざまな実験と工夫を行ったが、結局、不老不死原虫からψテロメラーゼのみを単離抽出することができなかったのだ。

とすれば、残る方法はひとつしかなかった。すなわち。

不老不死原虫そのものを、人に感染させる。

動物実験レベルでは、すでに不老不死原虫に感染しても無害だということが確かめられていた。しかも不老不死原虫を投与されたマウスは、一切の老化を見せず、さしたる副作用もなく生き続けたのだ。マウスに効くのならば、人間にも応用が効くはずだ。

とはいえ当然、夏樹は躊躇した。

不老不死原虫を人に感染させて、本当に大丈夫なのだろうか？

これは人体実験だ。もし失敗しても、後戻りはできないのだぞ――。

「何を躊躇っているんだ、泉博士」

夏樹を後押ししたのは、やはり古宇田だった。

「君の研究はもうすぐ成就する、ここで立ち止まっている暇はないのじゃないかね？」

「わかっています。しかし……」

「失敗するとでも、思っているのかね？」

「……いいえ、そうは思っていません」

「わかっていればよいのだ。君の、いや、私たちの偉大な研究が失敗することはない。なぜならこの研究こそが、私たちが天から与えられた使命だからだ」

――使命。

「使命とは、成功するべくして成功する。そういうふうにできているものだ」

――成功するべくして、成功する。

私の研究は失敗しない。成功する。なぜなら、そういうふうにできているのだから――。

古宇田の力強い言葉が、夏樹を後押しし、決意させたのだった。

だが彼女は、本当ならば一旦立ち止まり、よく考えてみるべきだったのかもしれない。この決意こそ、熱に浮かされたただの狂気を、情熱と錯覚したものではないのか、と。

しかし――夏樹は、意を決してしまった。

人体実験へと、着手することにしたのだ。

もちろん、いまだ危険が多すぎることはよくわかっていた。だから夏樹は念には念をと二重の安全措置、言わば保険を掛けた。準備には一定の時間が必要だったが、怠るわけにはいかないと考えたのだ。もしかすると、夏樹に残された正気が、辛うじてそうさせたのかもしれないが。

かくして夏樹は、満を持して人への感染実験に臨むこととなった。

――最初の被験者は、五十代後半の男だった。

身長、体重、血液型、喫煙習慣、既往症、手術歴。これら医学的情報は知っているが、氏名、職業、被験者となった理由については一切、知らない――知る必要がない、男。

そんな男の体内に、夏樹自身の手によって、不老不死原虫が送り込まれる。

緊張する夏樹。果たして、何が起こるのか――。

だが、発現を待つまでもなく、効果は翌日、現れた。

高血圧、高脂血症、糖尿、その他老化を示す男の医学的指標が、軒並み改善されたのだ。

外見も変わっていった。肌ははりとつやを、弛(たる)んでいた身体は筋肉を取り戻した。

その結果、いつしか男は、誰が見ても潑剌とした、青年期の彼へと若返っていた。

恐れていた副作用もなかった。男は健康そのもので、若返りに感激し「報酬はいらないから、今すぐここから出してくれ！　若さを試したいんだ！」と叫び出しさえしたのだ。

かくして夏樹の研究は、非の打ちどころがないほどに、成功を収めたのである。

ところが——。

夏樹の研究には、実は、大きな落とし穴があった。

それは、若返りを示す不老不死原虫の効果が、ある時点からまったくの逆方向に働き始めるという事実だった。

*

——兆候は、最初の被験者から表れた。

若さを取り戻した男。しかし数日後、喜ぶ彼を突然、逆の変化が襲い始めた。激しい老化が始まったのだ。しかも、若返り以上に劇的なものだった。あまりの急速な変化に、夏樹は啞然としたまま、大した処置を取ることもできず、ただ男が衰弱していくのを見ていることだけしかできなかった。

結局、男は二日で死んだ。死因は原因不明の多臓器不全、つまり老衰だった。

一体、男の身に何が起こったのか？

困惑しながらも夏樹は、この現象をすぐ古宇田に報告した。一瞬、驚愕の表情を浮かべる古宇田だったが、彼は素早く、しばらくはこの事実を外部、マスコミや他の研究者も含めて、伏せておくよう夏樹に指示をした。

被験者の死は企業の存続を脅かしかねない。それは夏樹たちの研究をも左右する由々しき事態だ。公表するにしても、機会を窺って行うので、それまでは隠し続けよ、と。

だが、今にして思えば、それは誤った判断だった。

なぜなら、この判断が、後により壊滅的な結果を生むことになったからだ。

実は、不老不死原虫には、極めて強い経口感染力があった。

分泌するψテロメラーゼこそ不安定だったが、不老不死原虫そのものは強靱で、高い繁殖性を持つ上に、酸の中でむしろ活性化する性質を持っていた。これは、一匹でも口の中に入れれば、胃、腸管を通じ、体内で増殖できることを示していた。後に、不老不死原虫は感染後一定期間が経過すると身体のある臓器に凝集し、その頃には血液以外の感染経路はなくなる、という性質が明らかとなるものの、感染初期にはやはり極めて強い感染力を持っているというのは、紛れもない事実だった。あろうことか、このような不老不死原虫の基本的な性質を看過していた。机上の実験だけを繰り返していた夏樹の犯した、ほぼ唯一にして最大のミスだった。

そのことに夏樹が気付いたときには、もはや手遅れだった。不老不死原虫はすでに、唾液を通じて、最初の被験者から担当の看護師へ、彼女が立ち話をした掃除業者へ、その業者が掃除をした貯水槽から研究所の水道を使うすべての人々へと、次々感染していったのである。唯一不幸中の幸いは、研究所の水を嫌い飲まなかった夏樹と信や、到着したばかりの小室井と羽田は、感染を免れたことだろうか。とはいえ、そんな幸運に恵まれた者は、ごく一部だった。

彼らを除く感染者は、最初の男の死後、まず被験者棟の被験者たちから、スピードこそ違えど、若返りと老化の兆候を見せ始めていった。

このままでは、老化現象が研究所全域に及ぶのにも、そう日はかからないだろう。それまでに何とかしなければ——夏樹は隠蔽工作と対策とに追われた。

だが、もはや彼女は悟っていた。ψテロメラーゼは、一時的にはテロメアを修復し、感染者に若さを取り戻させる。だが、しばらくして濃度が高くなると構造が変わり、逆にテロメアを破壊し、感染者を死に至らしめる効果を持つことを。しかも、濃度の高まりを直接コントロールする術を、夏樹は持ち合わせていないのだということを。

だからといって、今さら、不老不死原虫を感染者たちから除去することも不可能だった。

なぜなら、不老不死原虫は、感染後しばらくすると身体のある臓器に凝集する性質を持つが、この臓器が、脳だったからだ。

言うまでもなく脳とは、繊細でデリケートな、人間の意識の視座だ。そこに散在するミクロの原虫は、物理的摘除は不可能だった。さりとて強靱な不老不死原虫には、薬剤さえも効果がない。無理に薬殺しようとすれば、脳そのものに悪影響が及んでしまうのだ。

原虫は除去できない。もはや、万事休す——。

だが、夏樹にはまだ、希望があった。

こうした事態に備えて、彼女は二重の保険を設けていた。それらを使えば、まだ事態回復の望みがあったのだ。

夏樹はまず、落ち着いてひとつ目の保険、あらかじめ作成していた「原虫捕食菌」を使用した。

原虫捕食菌――読んで字のごとく、原虫を捕食する菌だ。夏樹が作成していたのは特に不老不死原虫に対して作用するものだった。この菌を感染させれば、原虫は駆除され、破滅的な老化も止まるに違いない。

原虫捕食菌は、経口感染する。急いで被験者棟の被験者たちに服用、彼女の期待通り、この原虫捕食菌はすぐ効果をあらわした。

被験者たちに現れていた老化現象は消え、元通り、彼ら本来の年齢へと戻っていったのである。

ほっ、と夏樹は安堵の息を吐くと、原虫捕食菌を研究所中に空中散布する指示を出したのだった。

ところが。

実はこの原虫捕食菌にこそ、想像もしなかったおそるべき副作用があった。

原虫捕食菌の作用は、脳に生息する不老不死原虫のみならず、脳そのものにも及び、中枢神経系の異常をもたらしたのである。

その結果、何が起こったか？

端的に言えば、それは人間が本来持っていた「本能」の解放だった。

この「本能」は、本来、極端な危機的状況に陥らなければ発現しないものであって、その存在を当の人類自身でさえ自覚していないものだった。だが、それは確かに、脳の奥底に眠っていたのだ。

すなわち、「食人の本能」が。

食人本能——穏やかではない本能だが、実は、生存の理に適うものでもある。

生命活動を維持するために、人間は栄養分を植物や動物などの食物から摂（と）らなければならない。だがそれら食物が、必ずしも必要な栄養素をすべて含むとは限らない。穀物だけ、肉だけ、野菜だけの食事は、栄養摂取の面から非効率的な方法だ。

実際のところ、人間にとって最も効率良く栄養素を含む食物とは、何なのだろうか。

もちろん、同類である人間である。

人間には、人間に必要な栄養素がすべて含まれている。人間は、人間を摂取することで最も効率よく生命活動を維持できるのだ。

かつて、まだ人間の祖先が類人猿として樹上生活を送り、しばしば飢餓に見舞われた時代。危機的状況においては、同類を食うという行動が彼らの生存確率を高めた。だからこそこの行動は、自然淘汰（とうた）の働きにより人類の本能となっていったのである。

もっともそれは、あくまでも「危機的な状況下」における本能であって、通常時には発現しないものだった。だからこそ現代の人類が同じ人間を食するということはなく、ほとんどの文化において「禁忌（タブー）」として意図的に封じ込めてきたのである。

――だが。

原虫捕食菌の機能は、その本能を解放してしまうものだった。

その結果もたらされるのは、人を食らうという行為への飽くなき欲求だった。

つまり、原虫捕食菌に感染し、食人本能を発現した結果、人間は、食人鬼――ウェンディゴと化すのである。

しかも、人が人を食したくなるほどの危機的状況においては、人は通常極度の栄養不足に陥っている。このようなとき、人はビタミンやミネラルの不足により表情を失い、痛みを感じにくい身体になる。裏を返せば、これは食人本能が現れた際の特徴でもあるのだ。

もっとも、感染者がウェンディゴになるまでにかかる時間には、老化と同様、個人差があった。免疫力の大小と関係があると思われたが、ウェンディゴになるという結果は不可避だった。

不老不死原虫による老化。

その危機を救うはずの原虫捕食菌がもたらした、人格の変貌。

解放される食人本能。

ウェンディゴだらけとなっていく被験者棟。

次から次へと発生する事態と混乱。

いずれにせよ、ひとつめの保険は失敗に終わったのだ。

夏樹は、もはや深く考える暇さえないまま、二つめの保険、あらかじめ作成しておいたファージ感染菌の使用に着手せざるを得なかった。

ウェンディゴの原因となる原虫捕食菌、そこに特異的に作用するファージ感染菌。

これさえ撒けば、人々はウェンディゴから人間へと戻るはず。

まさに、夏樹の最後の望み。藁(わら)にもすがる気持ちで、彼女は、ファージ感染菌を被験者棟のウェンディゴたちに接種した。

だが結果は、スタート地点への逆戻りでしかなかった。

被験者であるウェンディゴに感染させたファージ感染菌は、確かに原虫捕食菌を殺し、ウェンディゴは人間に戻った。

だが、原虫捕食菌がいなくなったことにより、不老不死原虫がまた活動を再開し、人々は再び、激しい老化を発現し始めたのだ。極めて強い生命力を持つ原虫は、捕食菌によって全滅させられるわけではなかったのである。

ここに至り、夏樹はあまりにも非情な現実に、愕然とした。

今目の前で起こっているのは、まさに堂々巡りだった。不老不死原虫に感染した人は老いて死ぬ。原虫の働きを抑えるため原虫捕食菌に感染させればウェンディゴになる。だからといって原虫捕食菌をファージで退治しても、不老不死原虫の再活動を促してしまう。取り得る選択肢はもはや二つしかなかった。

原虫捕食菌によるウェンディゴ化か、それとも、不老不死原虫による老衰死か。

すべては、袋小路(ふくろこうじ)に陥り、打てる手立ても、もはやなかった。

夏樹は、絶望し——。

初めて、後悔した。

人間は必ず、老いて死ぬ。そんなのは、幻想にしか過ぎない。不老不死は、実現できる。そんな、野望にも似た、過去の自分の思いを、微生物を利用して実現しようとしたこと自体が、無謀な挑戦だったのだ。そもそも、よく考えてみれば、すぐにわかることだった。何億年にもわたり繰り返されてきた生物の摂理が、夏樹ひとりが知恵を絞ってみたところで、そんな簡単に覆されるものではないのだということくらい。

だが、後悔しても、すでに後の祭りだった。

こうして夏樹が頭を抱えている間にも、研究所の人々のウェンディゴ化は、着々と進んでいくだろう。

それはまさに、破滅への一途だった。原虫捕食菌の副作用で人間性を失った彼らが、やがて人肉を求めて暴れ出す。かといってファージも散布するわけにはいかない。ウェンディゴ化は止まっても、急激な老衰が始まるからだ。

まさに、逃げ場のない絶望感。

原虫捕食菌を研究所に散布してからここまでわずか半日足らず――憔悴しきった夏樹は、遂に、外部に助けを求めることを古宇田に進言した。

しかし古宇田は「だめだ」と夏樹の言葉を退けた。そんなことをすれば、不老不死の夢は永遠に絶たれてしまう、と。

とはいえ、研究所内だけでは——夏樹や古宇田の力では、もはやこの事態を止めることはできないのも事実だった。外部にSOSを発信しなければ、もうどうにもならない。

夏樹の説得に、ようやく古宇田は首を縦に振る。だが彼は条件を付けた。

「……いいだろう。だが、発信するのは『バイオ事故が起こった』という事実だけだ。不老不死原虫のことについては、一切触れてはいけない」

条件付きでも、ようやく外部に助けが求められる。藁をもすがるような気持ちで、夏樹はすぐさまSOSを発信した。誰でもいい、とにかく助けてほしい、と。

SOSは即座に政府へと伝わり、ものの一時間で自衛隊が研究所前に到着していた。

戦車隊——研究所で発生している異常事態を収束するための部隊の到着に、これで助かる、と夏樹はほっと胸を撫で下ろした。

だがその安堵も、束の間のものでしかなかった。

自衛隊は、夏樹たちを助けるどころか、研究所を完全に外界から隔離すると、電話線を切断し、完全に情報を遮断した。脱出しようとする者には容赦なく攻撃を加えさえした。

「なぜですか？　なぜ、私たちが攻撃されるんですか？」

夏樹は絶叫し、自衛隊の戦車部隊に直談判を試みた。

だが、部隊の隊長——松尾三佐だ——は、夏樹の言葉には耳を傾けることなく、ただスピーカー越しに冷たく言い放った。

『現在、この地域はレベル4事態として封鎖指示が出されており、何人も敷地外に出さないよう命令が出ている。したがって、あなたたちを外に出すことは許可できない』

——この期に及び、夏樹はようやく、すべてを悟ったのだ。

BSL4に対応する、レベル4事態——政府は研究所を見捨てることを、そこにいる人々すべてを葬り去ることを決定したのだということを。

だから、夏樹は——。

＊

「……私は、爆破したんだ……」

涙声で、夏樹は呟いた。

進退窮まった彼女は、諸悪の根源となった被験者棟を自ら爆破したのだ。

被験者棟の地下にあった可燃性ガスボンベと、酸素ボンベ。二つのボンベのバルブを同時に開き、そこに自ら火を点けたのである。

自ら責任を取り、かつ事態の回復を図るため——というのは言い訳だった。

本心は、ただの自暴自棄だった。不老不死の夢が断たれるくらいならば、いっそ死ぬつもりだったのだ。

果たして被験者棟は大爆発を起こし、建物は無残に崩壊した。

にもかかわらず夏樹は、無傷のまま生き延びた。どうしてだろう？　爆心地から最も近くにいたはずの彼女が死ななかったのは——。

「社長の、お陰だ……」

夏樹の最後の記憶。つまり、爆破の刹那。

いきなり、古宇田が現れた。古宇田もまた憔悴した夏樹を追い掛けて、被験者棟に来ていたのだ。古宇田は、夏樹の姿を見るや、その身体に覆い被(かぶ)さった。驚く夏樹。その後すぐ爆音とともに意識は途絶えたが、冷静な今、古宇田のそれが何を意味した行動なのかは、はっきりしていた。

古宇田は、夏樹を守ったのだ。

爆破の瞬間、古宇田の本能が、もしかするとそれは、父親としての本能のようなものだったのかもしれないが、彼を行動に移させたのだ。夏樹を守らなければ、と。だから――。

――「S・K」と刻印された、ネクタイピン。

赤い宝石が輝く、金のあのネクタイピンが、そこに転がっていたのだ。それこそが、古宇田繁樹が夏樹を守った証として。

そして、夏樹は生還した。

代償として、ほとんど記憶を失った。

失った――いや、あえて自ら失わせた、のかもしれない。

だが、今やもう夏樹に失われた記憶はない。

彼女は、すべての記憶を取り戻した。明瞭に思い出し、理解していた。

研究所にウェンディゴが蔓延した理由。それは、彼女が散布した原虫捕食菌のせいだと。信が、急激に老いて死んだのも、原虫捕食菌と同時に、不老不死原虫にも感染していたからだと。そして古宇田もまた、夏樹を守るために死んだのだということを。

だから夏樹は、ただ呆然と、呟いた。

「……全部、私のせいだったんだ」

*

——今や、研究所の生き残りは、夏樹と松尾三佐の二人だけ。

夏樹にはわかっていた。研究所の前にいる自衛隊は、夏樹をバイオテロリストだと認定している。事態を完全に収束させるため、首謀者である夏樹が死ぬのを待っている。

なぜなら、ここから誰もいなくなることこそ、政府にとっての最善の結末だからだ。

こうして、すべてが詳らか(つまび)になった今、もはや夏樹はただ——絶望に沈むしかなかった。

だが、仕方がなかった。

すべては、彼女のせいだったからだ。

すべては、テロメアに取りつかれたテロリストである夏樹が原因だったからだ。

もう、どれだけ喚こうと、嘆こうと、誰も許してはくれないだろう。

きっと、天国にいる信でさえも――。

――研究ノートを握り締めながら、瓦礫の中、いつまでも夏樹は、嗚咽していた。

Phase Ⅵ

数時間後、夏樹は、被験者棟の二階へと戻って来る。

暗闇の中じっと腰掛けていた松尾三佐は、夏樹の姿を見るや、疲れも見せず立ち上がる。

「どうだった」

端的な問い掛け。その言葉に、夏樹は――。

何も言えず、ただ首を縦に振る。

確かに、ここにはあった。彼女が求めていたもの――研究ノートが。

だが彼女の手にそれはなく、ただ懐中電灯が握られているだけ。

持ってくる必要がなかったからだ。その内容を、彼女はすべて思い出していたのだから。

「…………」

だから何も、答えない。答えられない。

察したのか、松尾三佐はあえて穿鑿しないといった体で、くるりと背を向けた。

「一旦出よう。ここは危険だ」

松尾三佐の言葉に、夏樹はこくりと頷き、したがった。

無言のまま来た道を戻り、被験者棟から脱出すると、外はすでに夕暮れ時だった。

うねる丘。広がる芝生。山の稜線が切り取る黄昏に、ひっかき傷のような筋雲が走る。

それは、どこにでもある、ありふれた景色。

だが、その光景に、夏樹の胸は締め付けられるように痛む。なぜならその雰囲気は、記憶を失った夏樹がこの被験者棟から這い出たときのそれと、まったく同じだったからだ。

不意に夏樹は、膝から崩れ落ちる。

そして、這いつくばる。

「どうした？」

松尾三佐が、心配そうに振り返る。

だが夏樹は、立ち上がらない。いや――立ち上がれない。自分のしたこと、そして、その結果がどうなったか。それを考えれば、もはや夏樹が自立していられるだけの精神力は、僅かも残されてはいなかったのだ。だから。

「……うわあぁぁぁん」

彼女はただひたすら、子供のように泣きじゃくった。

＊

夏樹が落ち着きを取り戻したのは、完全に日が暮れてからだった。

その間、松尾三佐は、啜り上げる夏樹を慰めつつ、優しい言葉を掛け続けた。

ようやく自分を取り戻すと、夏樹はふらつきながら研究棟へと戻り、そこで、神妙な顔付きの松尾三佐に、すべてを話した。

彼女がしたこと。それによりここで起こったこと。

その結果として、今の惨劇が生まれたこと。

原因は、他でもない夏樹自身にあったのだということ。

――涙声で告白を続ける夏樹に、松尾三佐は、驚くことも、責めることもなく、ただ静かに、時折頷きと相槌(あいづち)を交えながら、耳を傾け続けた。

夏樹が語り終えると、松尾三佐はややあってから、ぽつりと言った。

「不老不死原虫が、諸悪の根源だったのか」

叱られた少女のように、こくりと頷く夏樹。松尾三佐は眉間に皺を寄せて続ける。

「人々は皆、不老不死原虫に感染した。だから彼らは、老化を始めた。それを食い止めるために、泉博士、あなたは死力を尽くした。原虫捕食菌や、ファージ感染菌を使って。だが、どれも成功はしなかった」

「……はい」

「その結果、人々はすべて死に、今に至る」

「そうです」

下唇を噛み締める夏樹。そう、皆死んでしまった。彼女が愛する信も、皆。

なるほど、と腕組みをすると、松尾三佐は低い声で言った。

「よくわかった。何を言ってももはや仕方がないことなのだろう。だが、あなたがその原因を作ったのだとしても、その結果のすべてにまで責任があるわけじゃないことだけは、理解しておくべきだ。ドミノが倒れる責任を、最初の一押しをした人間にだけ押し付けるべきではないと、私は思うからだ。結局、この悲劇はなるべくしてなったこと、起こるべくして起こったものなのだと、私は思う」

淡々とした松尾三佐の言葉。だがそれは、慰めの言葉でもある。

「……とにかく、問題はこれからだ」

松尾三佐は、力強い口調で言った。

「これから我々がどうすべきか。今はそれを考えるときだ」

「一体どうしろと？」

考える気になれないままに問う夏樹に、松尾三佐は、一拍を置いて答える。

「まずは、出る。研究所を」

「出る……？」

訝る夏樹に、松尾三佐は「そうだ」と続ける。

「我々以外のすべての人々は死んだ。不老不死原虫も宿主を失い、すべて絶滅した。幸い私も水道から水は飲まなかった。つまり、もう安全なのだ。ならば、ここに閉じ込められる理由もない。上の人間たちも、それくらいは理解できるはずだ」

「確かにそうかもしれません……でも」

――今さら研究所を脱出できたとして、何が変わるというのか。

自棄になる夏樹。そんな彼女に、松尾三佐は諭すように言った。

「投げやりになってはいけない。あなたは事情を知る唯一の人間なのだ。裏を返せば、あなたには唯一の証人として説明する義務があることにもなる。さあ、行こう……泉博士。私と一緒に来るのだ」

説明する義務がある、か――。

夏樹は思う。確かに、それはそうなのかもしれない。自分が何をしたか、何が起こったのか、きちんと説明し懺悔(ざんげ)すること。それが、私の最後の務めかもしれない。だから。

「……わかりました」

松尾三佐の促しに、夏樹はゆっくり、腰を上げた。

*

正門ゲートまでの暗い道のりが、やけに長い。

大股で進む松尾三佐を前に、夏樹はとぼとぼと、足を引きずるように無言で付いていく。

夜が更けていた。

見上げれば、漆黒の空を、宝石を散らしたように星々が煌めいている。

こんなに綺麗な星空、見たことがない。

「泉博士、ひとつ訊いてもいいか」

息を呑み、半ば忘我の境地の夏樹に、ふと——松尾三佐が問う。

「……なんですか」

「あなたがこの研究所に来たきっかけは、何だったんだ？」

「…………」

松尾三佐の問いに、どう答えてよいものか、無言のまま逡巡する夏樹。

だが、今さらする黙秘に何の意味があるのか。すぐに夏樹は、掠れた声で答えた。

「あのころ、私は必死で、探していたんです」

「何を？」

「研究させてくれる場所をです」

「……不老不死研究のことか。確かに、大学では難しいものだっただろうな」

「ええ。だから私は、あちこちの門を叩いたんです。政府関係の研究機関、民間の研究所。いくつ回ったかは、もう覚えていません」

「そのどこにも、採用はされなかった」

「ええ。『ご縁がない』と」

乾いた笑いが、自然と口から出た。

「今にして思えば、当然です。『私の父は若くして癌で死にました。だから私は、不老不死の研究がしたいんです』と言い放ったんですから。頭がおかしいと思われて当然です」

「少なくとも、採用はしないな」

私ならば、履歴書だけでそう判断するだろう——と松尾三佐は言った。

夏樹は苦笑いを浮かべつつ続けた。

「若気の至りだったのでしょうね。私はむしろ、どうしてわかってくれないんだと憤っていたくらいですから……でも、本当ならそのまま、どこの機関にも採用されずにいたほうが、結果的には幸せだったのでしょうね」

「ところが、君は平成製薬に採用されてしまった。しかも、破格の待遇で」

「はい」

夏樹は、ゆっくりと首を縦に振った。

「さっき、松尾さんは、私がこの研究所に来たきっかけは何かと問いました。答えは、まったくの偶然だった、です。本当に、たまたまだったんです。誰にも相手にされない私の思いが、偶然、古宇田社長の思いと重なってしまったのは……でも、そんな不幸な偶然のせいで、私はここに来ることになった」

「そして、研究を進めた」

「ええ、これが悪魔の研究だとも気付かず」

「………………」

松尾三佐は、どう答えるべきかわからないとでも言いたげに、口を真一文字に結んだ。

ざり、ざりと規則的に彼が地面を踏みしめる音だけが聞こえる。

そこから何十歩、歩いただろう？　松尾三佐が、思い出したように言った。

「……私には、ひとり息子がいるんだ」

「お幾つですか」

「間もなく二十歳だ。ついこの間まで肩車をしてやったと思っていたのに、もう成人式だ」

まったく、早いものだ――と、松尾三佐は苦笑する。

だがそんな口調にこそ、温もりがあった。父が息子を思う親心というものだろうか。

そう思いつつ、夏樹は問う。

「大学生ですか」

「ああ。二年生だよ。防衛大の」

「防衛大。後を継がれたんですか」

「私は反対した。この仕事は肉体的にも精神的にもつらいことが多いから、やめたほうがいいと。だが息子は、頑として譲らなかった。私と同じ道を歩むと言ってね」

「いい、息子さんですね」

「将来の配属も、私と同じ陸自を希望しているそうだ。まったく、生意気な息子だよ。誰に似たのか知らないが……だがね」

真剣な口調で、松尾三佐は言った。

「だからこそ私は、あの子のために働きたいと考えている。たとえ私が、そのために人の道に外れることになるとしても。そういう覚悟のもとに、いつも生きている」

「…………」

松尾三佐はちらりと夏樹に振り向いた。

「私は、息子のことを思えばこそ、あえてこの道を突き進む。同じように泉博士、あなたも心から父上のことを思い、我が道を行ったのだろう。その根は同じ、人間であればあまねく誰でも持つ感情だ。であればこそ、やらなければよかったのにと恥じる必要も、悔いる必要も、あなたにはないのだ」

夏樹は、気付く。きっと松尾三佐は、彼なりの言葉で私を慰めているのだ、と。

松尾三佐は、静かな声色で続けた。

「あなたが罪を犯したことは、偽らざる事実だ。だが少なくとも私は、あなたを責める気にはならない。罪を犯したという結果が、愚直な誠意の結果であるからだ。しかし、だからこそあなたは説明しなければならないとも思う。どうしてこんなことが起きたのか、罪を認めた上ですべてを素直に話し、事故の原因を詳らかにしなければならない。次の世代に、この負の遺産が引き継がれないようにするために」

私はそう、考える——と、松尾三佐は淡々と述べた。

その背に、夏樹は——。

「……はい」

ただ素直に、頭を垂れた。

やがて——。

二人は、正門ゲートの前に立つ。

待ち構えるのは、相変わらず横一列に並び、無機質な目で夏樹たちを睨む戦車隊だ。

スピーカー越しの警告は――ない。

彼らはただただ、近付こうとしている夏樹たちに、何も言わず照準を合わせている。

妙に、静かだった。

風ひとつ吹かない。虫の声も、しない。

恐ろしいほどの、静寂。

「……変だな」

眉間に皺を寄せて、松尾三佐がそう呟いた、その瞬間。

パン。

乾いた音。

あっさりとした、ごくつまらない破裂音。

だが夏樹はこの音が何か知っている。まさにこの場所で、聞いている。

つまり、これは、銃声。

「伏せるんだ……泉博士」

背を向けたまま、松尾三佐が低い声で言った。

彼は左手で右肩を押さえていた。シャツのその部分が、真っ赤に染まっている。

「ま、松尾さん、それ……」

「いいから伏せろ！」

パン。

再び、銃声。

「ぐっ……」

再び、松尾三佐が呻きを漏らす。

慌ててその場に伏せる夏樹。だが顔は上げ、松尾三佐を見る。

左足の腿（もも）に、それまでにはなかった赤い染みが現れ、見る間にその面積を広げている。

撃たれたのだ、松尾三佐は。しかも、二発も。

だが、松尾三佐はそれでも、痛みを感じさせない大音声で、戦車隊に向かって叫んだ。

「我々は丸腰だ、予告なしに撃つとは、卑怯（ひきょう）だぞ、嶋田一尉！」

——戦車隊からの応答はない。

だが、ライフルの照準は間違いなく、松尾三佐に向けられているに違いない。

それがわからないはずがない松尾三佐は、しかし一切怯むことなく、むしろ分厚い胸板を誇示するかのように張り、なおも叫ぶ。

「我々はまだ貴様らの防御線を跨いではいない！　攻撃する理由はないはずだ！」

しんと静まり返る暗闇の向こうに、松尾三佐はより一層の大声を張り上げる。

「どうした！　聞こえているんだろう！　黙りこくっていないで何か答えろ、嶋田！」

「嶋田一尉なら、ここにはいないぞ」

不意に、応答があった。

低いが、しかしよく通る、スピーカー越しでもない地声。

その声の出所に、夏樹は目を凝らす。

暗闇の中、戦車と戦車の間に――男がいた。

ほっそりと背が高い、黒のスーツを着た男。

二か所の傷口から鮮血を溢れ出させながら、松尾三佐はその男の顔を睨みつける。

だが――。

「あ、あなたは……」

松尾三佐の表情が、一面の驚愕に満たされた。

その理由は、夏樹にもすぐに理解できた。

黒いスーツの人物は、夏樹も、テレビ越しによく見ていた男だったからだ。つまり——。

「そ、総理……」

男は、誰もがよく知る我が国のトップ、内閣総理大臣だったのだ。

五十の若さにして総理の座に就いて以降、強いリーダシップを発揮し、高い支持率と強引な政治運営を続けている、日本の頂点に立つ男。

さすがにたじろぐ、松尾三佐。

だが彼は、数歩のたたらを踏むも、倒れる寸前で体勢を立て直し、再び総理を睨み返した。

「嶋田一尉はどこにいるのですか。部隊を任せたはずですが」

「配転した。この部隊は現在、私の指揮下にある」

「……なんですって」

眉を顰める松尾三佐。しかし総理は言い放つ。

「君の指揮権も剥奪されている。いい加減、理解してもいいのではないかね？

我々は君たちを、すでに危険分子として認知しているのだ」

「危険分子……？　そんな馬鹿な！」

松尾三佐は、声を張り上げる。

「私はただ、命令にしたがって部隊を率いていただけです！　それがなぜ」

「原因は君にある」

「……私に？」

「そうだ。君は独断で、研究所の敷地内に入っていった。そして今、研究所から出てこようとしている。当然、このような疑問が生ずる。他の人間たちはすべて死亡したという情報があるにもかかわらず、どうして君は無事なのか？」

「何を言うんですか、行けと命令したのはそちらではないですか！」

「知らんな。だが、君が何と言おうと、答えは明らかだ。つまり、君もまた、テロリストの一味だということだ」

「テロリスト、だって？　誤解だ！」

そんなはずない！　──そう松尾三佐は叫ぶ。

「違う、私はテロリストなんかじゃない。私はただ、命令に粛々と従っただけだ。そう、私は」

「もう結構」

男は、松尾三佐の言葉を冷たく遮った。

「残念だが松尾君。いくら君が理由を述べようと、客観的な見方は変わらないのだ」

「し、しかし……」

「くどい!」

パン。

三度目の、銃声。

「テロリストは殺害する。それが、我が国の方針だ」

「ううっ……」

松尾三佐が、腹を押さえて、その場に膝から崩れ落ちる。

「ま、松尾さん!」

夏樹は腰を下げながら、松尾三佐に駆け寄る。

だがその行く手にも、パンパンパンという甲高い銃声とともに、音と同じ数の土煙が上がる。だから彼女は、すぐそこで血を流し、痛みに呻く松尾三佐のところにさえ行くことができない。

その場でうずくまる夏樹は、ただただ、思い知る。

総理は、いや――この国は、私だけでなく、松尾三佐をもすでにテロリストとみなしている。だから、殺すことにさえ、一分の躊躇いすら感じてはいないのだ。

総理は、言い放つ。

「もう一度言う。松尾君、そして泉君。君たちの存在はすでに政府において危険因子として認知されている。それを排除するのが、我々の責務である。まあ……とはいえ、それではあまりに非情だな。そうだな、松尾君は、対外的に名誉の二階級特進にして進ぜようか」

「ふ、ふざけるな」

銃弾に三か所を射抜かれ、満身創痍にもかかわらず、松尾三佐はよろよろと立ち上がる。

彼の手には、いつの間にか小型のピストルが握られている。

「私は……私は、諦めないぞ」

どこかに武器を隠し持っていたのだ。ピストルを構えると、松尾三佐は、最後の力を振り絞り、男に向ける。

だが――。

パン。

最後の、銃声。

松尾三佐の心臓が、鉛弾に射抜かれる。

「ま、松尾さんっ！」

鍛えられた肉体が、血まみれのまま、夏樹のすぐ目の前で、どさりと仰向けに倒れる。

松尾三佐は、大量の血を吐いていた。呼吸もままならず、ごぼごぼと喉を鳴らし、焦点の合わない目を中空に漂わせながら——。

それでも——彼はまだ、生きていた。

最後の力を振り絞るようにして、彼は、胸ポケットから震える手で何かを取り出した。

「……これを」

「写真？」

それは、一枚のスナップ写真だった。松尾三佐にどことなく似た、若い青年が写ったポートレイト。

「こ、これをどうするんですか？」

「に……逃げろ、泉……博士……」

写真を握り締めた松尾三佐は、それだけを言うと――。

「……松尾さん？」

それきり、動かなくなった。

「松尾さん？　松尾さんっ！」

身体を揺すりながら、何度も問い掛ける夏樹。

だが松尾三佐は、目を見開いたまま瞬きもせず、何も答えることはなかった。

夏樹は絶叫した。何度も何度も松尾三佐の名を呼んだ。だがどれだけ声を張り上げても、もはや彼の耳にはその叫びは届かない。

不意に、新たな銃声が轟く。

はっと気付いた夏樹の周囲に、ぴゅんぴゅんと土煙が立つ。

狙われている！

松尾三佐の握っていた写真を引っ摑み、すっくと立ち上がると、夏樹は戦車隊に背を向け、暗闇に向かって走っていく。

銃声はなおも轟き、銃弾が耳元を掠めて暗闇に消えていく。

だが、夏樹は駆ける足を、決して止めることはない。

まっすぐに、漆黒の闇へと。誰もいない、暗黒へと。

何も考えず、一心不乱に。

ただただ、走る。

そして——。

*

「……撃ち方、止め」

総理が右手を上げると、銃声はぴたりと止む。

しばし、様子を探るように、総理は暗闇の向こうに目を凝らす。

もはやそこに動く気配はない。

死んだか？

光の届かない視界の向こう側。確認はできない。

だが、仮に生きていたとしても、あの女がひとりで生きていくのは不可能に近いだろう。

確認はできずとも、死んだも同然。ならば——。

くるりと踵を返すと、総理は戦車隊の部下たちに命じた。
「念のため、警戒を怠るな。解除があるまでは、命をこなせ」
それだけを言うと、総理もまた、戦車隊の背後から暗闇へと、姿を消した。
後に残るのは——。
誰もいない研究所。
対峙する戦車たち。
それは、今までと同じ、静かな防御線。
もはや突破しようとする者の姿さえないままに、いつまでもその場所には、ただ
初夏の青臭さだけが、漂い続けている。

Epilogue

そこは、不遇の土地だった。

夏は暑く、冬は寒い上に積雪もある。周囲を山に取り囲まれ、繋がる道も一本しかない。土壌は痩せ、大した作物は育たない。あまつさえダム建設騒動に巻き込まれ、住民が去った後は、一企業にすべて買い上げられてしまった。

奥神谷。かつて、そう呼ばれていた集落。

その村を、今は彼らが包囲する。

彼ら——陸上自衛隊の戦車部隊。

彼らは今日も、ゲートの前で一列に並び、息を潜めながら、しかし粛々と、与えられた任務をこなしていた。

実のところ、彼らにはわかっていた。

この任務はもはや、意味のないものなのだ、と。

あの事件は遥か昔のこと。確かに、研究所の自家発電機能はまだ生きている。だが、それだけだ。長い時が流れた今、感染者(キャリア)が生き延びている可能性は、ないに等しい。

当然、彼らは考える。

何のために、自分たちはここにいるのか。

なぜ、誰もいないとわかっている防御線を、馬鹿正直に見張り続けているのか。

答えは、問うまでもなく明白だ。

それこそが、我々に与えられた任務であるからだ。

政府の命令は、頑なに「研究所の包囲を継続せよ」。だから彼らも、自分の仕事をこなし続けるのだ——頑なに。

もっとも、彼らも馬鹿ではない。

彼らはとっくに、すべてを理解している。

政府の建前、「研究所内には、いまだ危険が存在し続けている可能性があり、包囲は必要だ」という理屈と、その裏にある「誰も解除に対する責任を負えないから」という本音とを。

その狭間(はざま)で、誰も何も決められないまま、ずるずると時間だけが過ぎ去っているのだということを。

わかりすぎるほどにわかりながら、それでも彼らは、杓子定規な指示を愚直なままに守り続けているのだ。

三十五年にも及ぶ、この長い時間を。

*

彼の父は、彼が学生だった頃に殉職した。

保菌者との戦いによって負傷し、自ら保菌者となったことを知ると、ピストルで名誉の自殺を遂げた。そう、聞かされていた。

自衛官としての職務に殉じた、誇りある死——。

彼は、防大を卒業してすぐ、陸上自衛隊の士官となった。

そして、迷うことなく「この場所」で部隊長として勤務することを志願した。

誰も就こうとはしない、不人気な仕事だった。かつては問題が山積していたが、今ではただひたすら山奥にある研究所跡を包囲し続けるだけの任務。華々しさとは無縁な仕事。だが、そんな任務に当たることを、彼は自ら求めたのだ。

それから、人生の半分以上を、彼は「この場所」で過ごしている。

家族は東京にいるが、ほとんど会うことはない。

彼にとって、家族よりもむしろ、「この場所」こそが、生き甲斐だったからだ。

いつの間にか階級も、父のものを二つも追い越していた。

希望すればいつでも事務職に転籍できるとも言われていた。東京で家族と過ごすこともできるぞ、そのほうがいいだろう、と。

だが彼は、それでも「この場所」に居座り続けることを選んだ。

なぜか。なぜそれほどまで、彼は「この場所」に拘るのか。

それはきっと、ここが父の死に場所だったからに違いない。

彼は、知りたかったのだ。この場所で、父が何を見、何を聞いたのかを。

つまり、父——松尾巌三等陸佐は、この場所で何を経験したのか。

そして、どうして死ななければならなかったのか。

どうしても知りたかったのだ。彼——松尾貴一等陸佐は。だが。

——三十五年。

このあまりにも長い時間、「この場所」では、何も起こり続けずにいる。

三十五回の四季が移ろってもなお、「この場所」——平成製薬研究所跡は、平穏な表情を保ち続けている。

何も起こらない世界。

その世界を見つめ続ける、松尾一佐。

彼ももう来年には、さすがに一線を退かなければならない。

松尾一佐は思う。もはや、ここでは何も起こらないのだろうか。

俺は何も、知ることはできないのだろうか。

そんな思いを、三十五年目にしてようやく思い始めた、ある麗らかな日のこと。

戦車隊の目の前に、彼女が姿を現した。

*

「……た、隊長、隊長ッ！」

普段は冷静な部下が、やけに慌てていた。

戦車隊の背後に設けられた基地——とはいっても、この包囲が始まった頃からある汚いプレハブの建物——にいた松尾一佐は、「なんだ、騒々しい」と、顔を上げた。

「うるさいぞ。蜂にでも刺されたか」

「い、いえ、その、蜂じゃなくて、大変なことが」

「どうしたっていうんだ、一体」

訝しげな松尾一佐に、部下はもつれる舌で報告した。

「……研究所内に、ひ、ひひ……人が」

「人……だと？」

馬鹿な――松尾一佐はすぐ、それは何かの見間違いだと考えた。人なんかいるわけがない。少なくとも三十五年、研究所の敷地内に人がいるのを確認したことはない。入ってこようとする人間もすべて、松尾一佐自身の手で排除してきたのだ。

「まさか、冗談だろ？」

一笑に付す松尾一佐。だが部下は、それでも食い下がる。

「嘘じゃありません。と、とにかく、来てください。部隊の前に、いるんです。まだ」

ただならぬ雰囲気。さすがに松尾一佐も、真剣な表情で問い返す。

「……本当に、いるのか？」

「え、ええ」

「そんな奴、いつ入って来た」

「わかりません。あるいは……最初からいたのかも」

「最初から？ ……一体、どんな奴なんだ。男か？ 軍人か？」

「そ、それが……」

松尾一佐が知る限り、もっとも困惑した顔を見せつつ、部下は言った。

「……少女、です」

「少女？」

「はい。まだ若い、十七か、十八か……とにかく、いるんです。そのくらいの、少女が」

——松尾一佐は、急いで基地を出た。
十七、八歳の、少女、だと？
あり得ん！ ——松尾一佐は心の中で毒づいた。

過去、といってもかなり昔のことだが、研究所の敷地内に不審な連中が忍び込もうとすることが稀にあった。もちろんそのすべてを彼は冷徹に排除してきたのだが、どのケースにおいても、入ってこようとする連中はそれなりの屈強な男だった。

それが、少女だって？

「あ、あそこです」

部下が、ゲートの向こう――研究所の敷地内を、指差す。

困惑しつつ、松尾一佐は部隊の前に出る。そこには――。

「マジか……」

本当に、女の子が立っていた。

ほんの五十メートル先。ゲートの向こう側――古い布地を継ぎはぎした、パッチワークのようなぼろぼろの衣服を着てはいるが、それは間違いなく十代の、長い髪の少女。

溌剌とした白い肌。艶やかな黒髪。そして、透きとおるような、濁りのない瞳――。

「……ゆ、夢か」

思わず、目を擦る。

こんな場所には、まったく似つかわしくない存在。あれは実在なのか、それとも幻か。

だが、そんな困惑する松尾一佐に、女の子は躊躇いも見せずに言った。

「部隊の責任者の方を、出してください」

凜とした、明瞭な声。

ようやく松尾一佐は、彼女が幻ではなく、現実にそこに存在する人間だと確信する。

だが——。

同時に彼は、逡巡する。彼女の言葉に、何と答えたものか。この部隊の責任者、それは俺だ。彼女は俺を呼んでいる。だがその要求に、俺はすんなり応じていいものか。

黙する松尾一佐に、部下が横から囁く。

「……『指令』に伝えますか」

指令。つまり、部隊をさらに上から指揮する背広組。

松尾一佐は、数瞬考えてから、「そうしろ」と端的に命じた。この異常事態は、部隊内だけで対処することはできない可能性が高かったからだ。

「すみませんが、責任者の方は、おられないのですか」

再び、少女が叫ぶ。

肚を決めると、松尾一佐は、ゆっくりとゲートの前へと歩み出た。

「……あなたは？」

少女が、問う。

松尾一佐は、上ずろうとする声を必死で抑えながら、答える。

「俺は……この部隊の責任者、松尾貴一等陸佐だ」

「松尾、陸佐……？」

一瞬、少女は瞼(まぶた)をぴくりと震わせる。

そんな少女に、松尾一佐は問い返す。

「君は、誰だ？」

少女は、真っ直ぐに松尾一佐の目を見つめ返しながら、はっきりと答えた。

「私は、泉夏樹です」

＊

泉夏樹——だと？

その名前に、松尾一佐は膝から崩れ落ちそうなほどの衝撃を受ける。

泉夏樹。その名を松尾一佐は知っている。いや、知らないはずがない。

なぜならそれは、この研究所で細菌テロを起こした張本人の名前だからだ。

だが——テロが発生したのは、遠く三十五年前のこと。当時二十代後半だった泉夏樹も、もう六十を超えていなければならないはず。

にもかかわらず、目の前で、自らを泉夏樹だと名乗っているのは、少女。

六十どころか、二十歳にも満たない、少女だ。

「……本当に君は、泉夏樹博士なのか？」

「はい」

少女は、こくりと頷く。

馬鹿な。あり得ん。言葉を失う松尾一佐に、少女はおもむろに言った。

「戸惑うのは当然です、松尾一佐。あなたの知識では、私の年齢はすでに六十を超えていなければならないはず。それが、こんな姿で現れたのですから、信じられないのも無理はありません。でも……私は間違いなく、泉夏樹なのです」

「…………」

信じるべきなのか。それとも信じるべきではないのか。どう判断すべきなのか、そして少女の言葉に何と返したらよいものか。

ただ困惑する、松尾一佐。

少女はしかし、淡々と自らについて説明を続けていく。

「私はこの三十五年、この研究所でひとり、生きてきました。太陽光発電で得た電気と、汲み上げた地下水、それで水耕栽培器で作物を育て、生き延びてきたのです」

「三十五年……そんなに長い間、なんのために生きてきたんだ」

ようやく、問いを返す松尾一佐。にこりと微笑むと、少女は答える。

「続けていました」

「……何を」

「研究を」

「……研究？」

少女は、「はい」と頷き、先を続けた。

「残された機材を使って、私は、ひたすら続けてきたんです。不老不死原虫が、なぜ人に急激な老化をもたらすのか。不老不死原虫を捕食する細菌が、なぜ人間にウエンディゴ化を引き起こすのか。私は三十五年間ずっと、そのことを調べ続けてきたんです。微生物たちが、もっとお互いに協調することはできないのか、人類にとって無害なものとすることができないのかを。……そして私は、遂に発見したんです。その方法を」

　無言の松尾一佐に、少女は続ける。

「不老不死原虫がもたらす急激な老化。それは、原虫の異常増殖に原因がありました。その結果高濃度になったψテロメラーゼが、テロメアを破壊してしまうのです。原虫捕食菌も同様でした。これも、過密に存在することがニューロンを刺激し、ウエンディゴ化を促していたんです。とすれば、結論はひとつ。必要なのは、すべてが適度に共存すること。どの微生物も適度に存在し、適度な密度を保ちあうこと。それによって問題が解決できるとわかったのです」

　淡々と――少女は語る。

　その内容の大部分を、松尾一佐は理解できない。だが、だからといって少女の言葉を遮ることもできず、ただ固唾(かたず)を飲んで、その言葉に耳を傾け続けるしかない。

「そこで私は、新たなファージを作成しました。このファージは、原虫捕食菌のすべてではなく、『適度』な割合だけ感染する性質を持っています。したがって、このファージを含む体内環境では、原虫捕食菌が『適度』に存在することになります。すると、結果として不老不死原虫も『適度』に存在できるようになるのです。不老不死原虫、原虫捕食菌、そしてファージの『適度』な共存。その結果、人間をウェンディゴ化することなく、不老不死(アンデッド)をもたらすことができる」

「不老不死……信じられない。本当なのか？」

思わず、松尾一佐は呟いた。

少女の述べることは、もしそれが本当ならば、かつてこの研究所で起こったバイオ事故が、その原因も含めてすべて克服されているということに他ならないからだ。

しかも少女は、克服しただけでなく、「不老不死」を達成したのだとも述べた。

にわかには信じられない。不老不死だなんて、そんな荒唐無稽なことがあり得るのか？

だが彼は、信じざるを得ない。

なぜならば、目の前にいる少女の——いや、泉夏樹博士の、あの若さ。

とうに六十を超えているはずの彼女の、あの若々しさこそ、泉博士が、自らの身体をもって不老不死を達成している証左に他ならないのだ。

ごくり、と唾を飲み込む松尾一佐に、泉博士は続けた。

「お察しのとおり、私は今、感染者です。不老不死原虫にも、原虫捕食菌にも感染しています。にもかかわらず、私は健康です。ウェンディゴにもなっていません。

それは、私が作成したファージが適切に作用しているからなのです。そう……つまり、もう無害化は達成されているんです」

息継ぎを挟むと、泉博士は、明瞭な口調で言った。

「だから、もうあなたたちのしていることに、さしたる意味はない。こんな包囲にはもう意義はないし、この土地も今すぐ自然へと還すべきなんです」

「本当、なのか……」

彼女の言葉に、松尾一佐は再び、動揺するように言った。

不老不死を達成した泉博士。この研究所はすでに安全なのだと、彼女自身が証明した。テロリストであると言われていた彼女が、自らその原因を無害化した。

であればこそ、松尾一佐はなお困惑した。彼女の言っていることが確かならば、父の死の原因が少女にあるということが、確かなものとなるからだ。

すなわち、この少女こそが、父に死をもたらした、張本人。

松尾一佐は、思う――。

父の仇である女。今すぐここで、殺してしまうべきなのではないか――？

そっと、懐に隠し持つ護身用のピストルに手を伸ばし、柄を引き抜こうとした、

その瞬間。

泉博士が突然、つかつかと松尾一佐に歩み寄った。

どきりとしながら、松尾一佐はピストルの安全装置を外す。いつでも撃てる体勢。

しかし彼は銃口を彼女に向けられず、いつまでも懐に手を突っ込んだまま固まっていた。

躊躇していたのだ。本当に撃っていいものか。

目の前でこちらに歩いてくる、無防備な少女。

まだあどけなさの残る彼女を、本当に撃ち殺していいものか？

逡巡するうち、泉博士がすぐ眼前まで来ていた。手を伸ばせば触れられる距離。

「……君は、何を」

呟くように問う松尾一佐に、泉博士はそっと、何かを差し出す。

それは——古びた紙片。

「これは……？」

手を伸ばし、おそるおそる受け取る。

それは、一枚の写真だった。

傷だらけの、色褪せたスナップ写真。そこに映っているのは——。

まだ若い、青年のポートレイト。

松尾一佐は、ごくりと唾を飲み込む。この青年は——。

「……俺だ」

まだ若かりし頃の俺、松尾貴。

驚いたように顔を上げ、泉博士と目を合わせる。

「これは、形見です。あなたのお父さんから、あなたへの」

彼女は、そう言った。口元に可愛（かわい）らしい笑みを浮かべて。

その瞬間、松尾一佐は悟った。

そうか、泉夏樹博士は、もう父の仇ではないのだ、と。

松尾一佐は、ピストルからそっと、手を離した。

*

夕刻。

戦車隊は、実に三十五年ぶりに、ゲートの前からゆっくりと移動していた。

松尾一佐は、半ば呆然としつつも、目を細めて、その光景を眺めている。

彼は、思う。まさか、自分が現職の間に、本当にこんな日が訪れるとは。

半ば諦めていた。自分が退職しても、次の世代になっても、その次の世代になっても、この日が、研究所の包囲が解かれる日が来ることは、ないのだろうと。

だが、事態は今日、動いた。

政府は、確かに決定をしたのだ。この研究所の包囲を「解く」と。

動かしたのは、松尾一佐の報告だった。

少女の姿で現れた泉夏樹博士と、彼女が主張する「無害化」。その報告の内容に、政府は驚くほど迅速に、包囲を解除するよう、指示したのだ。

事実、ゲートの前には、大きく道が開けている。

バリケードは撤去された。奥神谷から麓へと続く唯一の脱出路が、開いた。

そんな様子を泉博士は、ただじっと、研究所の内側から眺めていた。

その向かいに、彼女と対峙するように、松尾一佐は立つ。

いまだ困惑しながらも彼は、政府の命を受けた「指令」からの指示を、そのまま告げる。

「泉夏樹博士。君の言うとおり、すでに安全は確認された。政府の決定により、この研究所の包囲は、ただ今をもって解除される」

「そうですか。ありがとうございます」

泉博士は、嬉しそうに一礼した。そんな彼女に、松尾一佐は「しかし……」と続ける。

「君に、言っておかなければならないことがある。政府が包囲を解いた理由は、実は、安全が確認されたからという、それだけではないのだ」

「私に協力しろというのではないでしょうね？」

泉博士が、彼の言おうとしていたことをそのまま、先に口にした。

「え？　ああ……そのとおりだ」

洞察に口ごもりつつも、松尾一佐は続けた。

「政府は、君が若さを保っていることに大きく興味を持っている。したがって、この場所を解放すると同時に、君にも是非、政府にご協力をいただきたいと考えている」

「やはり、そうなるのですね」

なぜか、泉博士が少し悲しそうな表情を見せる。

その表情に、どんな意味があるのだろう？　彼女の内心を、しばし推し量る松尾一佐。

そんな松尾一佐の沈黙を、不意に、別の人間が破る。

突然、かつかつと鳴る靴音。

訓練された自衛隊員の本能で、反射的に彼は振り返る。

そこに、スーツ姿の男——老人が、いた。

松尾一佐は、その老いた男を見て、ひどく驚いた。

黒の上下に、黒いネクタイ。同じく黒い中折れ帽を深く被った彼は、表情こそはっきりとは窺えないものの、顔の下半分には、何重もの皺と何十個もの不定型な染みが浮かんでいるのが見える。とうに八十を超えているだろうことは、容易に推測ができるが、にもかかわらず老人は、しゃんと背筋を伸ばし堂々と立っている。

もっとも、松尾一佐が驚いたのは、その立ち姿ではなかった。

彼は知っていたのだ。その老人が、誰かを。

「そ……総理?」

そう、彼こそが、すでに四十年近い長期政権の上で、今ではこの日本を独裁的に支配する、知らぬ者なき内閣総理大臣。

啞然とする松尾一佐。

そんな彼を押しのけるように、というよりも松尾一佐という人間など初めから存在していないかのように前に出ると、総理は、泉博士に尋ねた。

「泉夏樹博士、ですね?」

「はい」

「お久しぶりですね。おいくつになりましたか」

「今年で六十三になります」

「なるほど……素晴らしい」

何が素晴らしいのかは、松尾一佐にははっきりとはわからない。

満足げに頷くと、総理は泉博士を「では、どうぞこちらへ」と恭しく誘う。

「あなたには、十分な待遇をご用意しています。なにしろあなたは我が国のＶＩＰなのですからね」

ＶＩＰ――というときに、総理の横顔がちらりと見える。慇懃な言葉づかいとは裏腹に、総理の横顔には、猛禽類を思わせるぎらついた色彩があった。

その言葉に「ありがとう」と会釈すると、しかし泉博士は、決意に満ちた表情で答えた。

「総理のご厚意、感謝します。でも、私は行きません」

「うん？　なぜです？」

「私の目的は、あくまでも無害化されたことをお知らせして、奥神谷村を解放することだけだからです。それさえできれば、私の役目は終わり。あなたたちと一緒には行きません」

「どうしてそんなことをおっしゃるのです。政府はあなたを必要としているのですよ」

「必要なのは、私ではなく、不老不死でしょう。だから私は、行かないのです」

泉博士は、少し憂いを帯びた眼差しで、首を小さく横に振った。

「いくら無害化されても、この不老不死が、自然に反した存在であることは間違いない。やっと、気づいたんです。私は妄想に取りつかれていたと。人間が死を克服し、自然を超越できるはずと、固く信じて止まなかったのです。そう……私が、冒されていたんです。不死症（アンデッド）に」

「何のことかはわかりません。しかし、いずれにせよ言うことは聞き入れてほしいですね。政府の要望ですよ？」

「政府ではなく、あなたでしょう？　総理大臣」

「……まったく、困った方だ」

苦笑すると、総理は明らかに悪意を滲ませた一歩を、泉博士に踏み出した。

「それならば、仕方ありません。力ずくでも、来てもらいましょうか」

「……どうしても、とおっしゃるのですか」

「ええ。それが私の要求ですから」

さあ、こちらへ。もはや己が望みを満たそうとする意図を隠そうともせず、総理は無表情のまま両手を伸ばし、泉博士に歩み寄る。

そんな総理の態度に、泉博士は――。

「残念です」

と言って、ほっ、と安堵とも諦めともつかない一息を吐くと、鋭い視線で男を睨んだ。

「何でも思いどおりにしようとする。命でさえも……あなたは、昔の私と同じ。私と同じ過ち(あやま)を犯している。あなたのような人がいる限り、やっぱり、こんなものは、この世に存在しないほうがいいのですね」

彼女は、ぼろぼろの衣服の下から、何かを取り出した。

ピストルだった。

松尾一佐には、そのピストルに見覚えがあった。

旧式の拳銃。それは、かつて陸自の佐官、三十五年前の三等陸佐に配備されていたもの。

すぐに、松尾一佐は悟った。それは、父の形見なのだと。

泉博士は、ゆっくりとピストルをこめかみに当てた。

「何をする！　やめろ！」

総理が、初めて焦りを見せ、走り出す。だが、夏樹は――。

「さようなら」

にこり、と微笑むと、そっと引金を引いた。

*

タン。

松尾一佐の目の前で、彼女が崩れ落ちる。

吊っていた糸をふっつりと切ったような、動き。

その動きをスローモーションで眺めながら、松尾一佐は、思う。

松尾一佐にとって、この結末が果たして正しいものなのか、それとも間違っているものなのかは、わからない。

泉夏樹という女性が行ったこの選択が、正しいものなのか、それとも間違っているものなのかも、評価することができない。

だが、ひとつだけ、はっきり理解できたことがあった。

それは――泉夏樹の言葉。

彼女は、引金を引く直前、確かにこう言っていた。

ごめんね、みんな――と。

松尾一佐には、わかっていた。

その「みんな」とは、この研究所にいた人々。彼女が好きだった人。彼女を守って死んだ人。そして、父、松尾巌三等陸佐のことなのだと。

どさり、と彼女の華奢(きゃしゃ)な身体が倒れ、地面に土埃が上がる。

きっと、三十五年前のあの日と同じ、吐き気を催すほど美しい黄昏の下。

後に残るのは、ただひたすらな静寂。

その、息苦しい空気に包まれながら、彼もまた、彼女と戦った父への、追憶とともに、ただひたすらに祈っていた。

泉夏樹博士の、冥福を。

不死症(アンデッド)の、死を。


（了）

【参考文献】
『老化はなぜ進むのか』 近藤祥司著 講談社

本書は書き下ろしです。

文日実
庫本業 し21
社之

不死症（アンデッド）

2016年 6 月15日　初版第 1 刷発行
2017年 6 月30日　初版第11刷発行

著　者　周木 律（しゅうき りつ）

発行者　岩野裕一
発行所　株式会社実業之日本社
〒153-0044　東京都目黒区大橋 1-5-1
クロスエアタワー 8 階
電話 [編集]03(6809)0473 [販売]03(6809)0495
ホームページ　http://www.j-n.co.jp/
DTP　株式会社ラッシュ
印刷所　大日本印刷株式会社
製本所　大日本印刷株式会社

フォーマットデザイン　鈴木正道（Suzuki Design）

ISBN978-4-408-55299-6（第二文芸）